现代性五面孔 2

张鸿 / 主编

金丝雀

CANARY

朱文颖 / 著

南方出版传媒

花城出版社

中国·广州

图书在版编目（CIP）数据

金丝雀 / 朱文颖著. -- 广州：花城出版社，
2017.6
（现代性五面孔 / 张鸿主编. 第二辑）
ISBN 978-7-5360-8372-1

Ⅰ. ①金… Ⅱ. ①朱… Ⅲ. ①短篇小说－小说集－中
国－当代 Ⅳ. ①I247.7

中国版本图书馆CIP数据核字(2017)第113037号

出 版 人：詹秀敏
责任编辑：黎 萍 蔡 宇
技术编辑：薛伟民 凌春梅
封面设计：介 桑

书　　名　金丝雀
　　　　　JIN SI QUE
出版发行　花城出版社
　　　　　（广州市环市东路水荫路11号）
经　　销　全国新华书店
印　　刷　广东新华印刷有限公司
　　　　　（广东省佛山市南海区盐步河东中心路23号）
开　　本　880毫米×1230毫米　32开
印　　张　8.375　1插页
字　　数　179,000字
版　　次　2017年6月第1版　2017年6月第1次印刷
定　　价　36.00元

如发现印装质量问题，请直接与印刷厂联系调换。
购书热线：020－37604658　37602954
花城出版社网站：http://www.fcph.com.cn

目 录

抒情的逻辑

——朱文颖

（自序）

1

这是一篇写得拖拖拉拉的序。正儿八经开始写的时候，冬天已经来了。我应邀去斜塘老街的一家书房做文学沙龙，约了两位评论家朋友做嘉宾。于是讨论起了沙龙题目。

我说，叫"古典的叛逆"吧。

朋友说，顺着你的意思，可以叫"从现代叛逃"……

我说，那也应该叫"从古典叛逃"吧。

接下来朋友的回答猛地让我心里一亮。他说："从现代叛逃，可以逃往古代，也可以逃往后现代，或者未来，或者不知所以未能命名的所在……叛逆古典太没劲了。因为太容易……"

说话至此，我突然明白了，其实这里讲的正是这篇自序将要讨论的东西——那是小说家李浩在电话里跟我说了足足二十来分钟的：其一，自序需要四五千字。其二，对小说文本做出有别于批评家的自我阐述。其三，关于小说的现代性。先锋之后的路通向哪里？是重新写实还是后先锋？

这不就是"从现代叛逃"的意思吗？

2

在小说集《金丝雀》里，《一个沙漠中的意大利人》和《春风沉醉的夜晚》分别是发表得最早与最近期的小说。

《一个沙漠中的意大利人》有着这样的开头：

后来程程细想起来，有些事情的发生，竟然是没有任何预兆的，一切都是那样突如其来，不容考虑。即便事后再度回想，仿佛还是不存在任何因由。比如说，那个叫作亨利的人。

然后，它又有着这样的结尾：

……风把亨利带走了，而留下来的是想哭与不想哭的程程和大李。他们站在沙堆的上面，很长时间都没能搞清，刚才究竟是发生了什么样的事情。

一切都是不确定的。两个去敦煌度蜜月的年轻人，拍了些照片留作纪念，遇到一个奇怪的外国人亨利……没有任何戏剧性的事情发生，然而十天以后离开敦煌时，仿佛已经明白了一生的意义。"在敦煌沙就是宿命。"小说里有这样一句话。就像是谶语，也仿佛偶尔为之。那个阶段的小说（属于早期）大致都是如此，以致于责任编辑这样问我："这篇小说里，有的地方对话用了引号，有的地方没用。是不是需要统一一下呢？"我回答说："不必了，就按照原来的样子吧。"

是的，原来的样子就是原来的样子。就是应该的样子，以及正确的样子。它是没有逻辑的。它的没有逻辑就是它的逻辑。

《春风沉醉的夜晚》则完全不同。它的一切基本都是基于逻辑的——两位出生于普通阶层的年轻女士，有着同样的人生目标："对于比我们穷或者看起来比我们穷的那一类人，我们几乎完全不感兴趣。恰恰相反，我们所有的人生经历以及后来的努力，都是为了尽可能地远离他们……"然而命运阴差阳错。在一次高规格的国际学术会议上，纯粹作为临时替代品的"我"遇见了身份高贵的柏林自由大学的"教授"。立刻，他成为两位年轻女士试图提升自己社会地位以及改变阶层的猎物。

试探与撒谎同时来自于"猎物"与"试探者"，与此同时，诸多的疑问和争执也接踵而来。最终，在一次意外的风波中，一个惊人的秘密终于露出了底色。"教授"声嘶力竭地冲我喊叫道："我是个穷人……我一直就是个穷人。我根本就不是什么柏林自由大学的教授……我一直就觉得奇怪，你和你那位矫揉造作的朋友，怎么从来就听不出我的口音呢？穷人的口音？！"

一切都是有来源的。有出处的。一个细部指向另一个细部。蛛丝马迹，然而绝对疏而不漏。小说发表后不久，发现坊间盛传着一个故事：上海姑娘陪男友回贫穷农村过年，最后不欢而散，劳燕分飞。突然惊讶于我在这篇小说中类似于预言的一句话："让我惊奇的是，这种东西，竟然与爱情也没有关联。它存在于爱情，这种雾气腾腾的物质的外面。"

在《一个沙漠中的意大利人》中，有这样一个细节："就在三危山上，程程躺在沙与沙之间，长发飘起，让大李给她拍照的时候，她忽然小声地叫了起来。她说，等一等，我想哭，突然地很想哭。真的，非常非常地想哭。"

她为什么想哭？哭什么？大李不知道，我们不知道，可能她自己也并不清楚。但哭的欲望是如此强烈。它甚至宣告哭的原因已经不再重要。

而《春风沉醉的夜晚》里，一切都是清晰的。有据可循的。即便是主人公内心渐渐升起的寒意，它也指向一个无比明确的所在或是觉醒——"从开始到现在，夏秉秋一直都是、从来都没有停止过对我的怀疑、反感，或者说，那种更深更为微妙的骨子里的憎恨。"那是阶级的差异，流淌在成年人的骨血里的。作为已经社会化的人，我们由无数异常清晰的细胞构建而成。

两篇小说里，都指涉情感。或者是情感的抒发。《沙漠》中主人公哭得莫名其妙，或者至少看上去莫名其妙；《春风》里的情绪则有着长长的线索，像牵动木偶的手中的线，一步一步走上那个最终的所在。也像图穷而匕首见，那寒光中的惊诧却是早有由头……

《沙漠》里，不确定的部分里有抒情。《春风》中，无比确定、锐利的部分里仍然有着抒情。"还有些时候，我能听到一种声音，如同冰山在春阳的照耀下，徐徐地缓解，消融。有一些细微的不经意的咔咔声，清脆而又温柔。"

然而，我感兴趣的是，那种突然生发于天地之间的感喟，以及具有逻辑的抒情之间，它们有联系吗？多了些什么？又丧失了些什么？

3

有一天，看到一篇文章中，对比侯孝贤的《刺客聂隐娘》和李安的《卧虎藏龙》。聂隐娘和玉娇龙，都出身官宦人家，都一身武艺，都不驯服，但两个人物的质地完全不同。隐娘从小遭遇不幸，身世坎坷，她的逃离和反叛有其世俗的逻辑，是对命运的反抗。但玉娇龙，她从未身遭不幸，但不知道为什么，她就是不爽，对一切的事情都不爽极了。

"师父要她永远追随，不要。大儒要收她为徒，不要。父亲要她嫁入豪门，不要。她不愿服从所有这些秩序，通通不要。但她又不可能和罗小虎真去那自由天地，因为她不是那样长大的，那不是她的世界。最后，天地之大，竟然无处可去。她往悬崖下一跳，就是叛逆到淋漓尽致和死无葬身之地。她说，她要的就是个自由自在，但她发现活着就是不自由的，所以她宁可不活，也不妥协。"

侯孝贤说过这样的话：聂隐娘就是现代性。那么，玉娇龙是什么？应该就是后现代性。她的反抗是无因由的反抗，是没有办法可以解决、没有途径可以消解的。有着存在主义的味道，接近命运的本质——"玉娇龙那才是真的孤绝，那才是真的'一个人，没有同类'"。

这就很有意思地回到了沙龙的题目和小说集的自序。"从现代叛逃……"究竟逃向哪里？如果《刺客聂隐娘》里的聂隐娘是现代性，那么从聂隐娘开始叛逃，

她逃向哪里？逃向没有逻辑、更不确定、更开放、更复杂、更多元的后现代性——玉娇龙？还是回归到"在敦煌沙就

是宿命"的原点？但是这个"在敦煌沙就是宿命"，究竟是另一种古典主义还是更高级的所在？或许仅仅只是一个循环往复的圆？

4

再回到小说集《金丝雀》。

短篇小说《哑》，它描写寻死的蔡小蛾因为一个小广告成为陆冬冬的自闭症儿子的看护。在这个沉闷的仿佛被世界遗忘的家庭里面，蔡小蛾面对的是对生活毫无知觉的康乐乐，还有他充满恐惧的母亲。这个母亲看不到希望，却无法选择死亡，每天像机器一样生活，每天来蔡小蛾房间做客。最后她终于在一个陌生人面前痛哭流涕，说出了自己的孤独和生活的艰辛。三个没有希望的人走在了一起，却好像很有秩序地生存了下来。

这是一篇明显具有现代逻辑的小说。蔡小蛾因为生活困境逃离了她的现实生活，面临一个关于生还是死的本质的追问。没想到她偶尔闯入的家庭也面临着同样的困境，三个本质上无处可逃的人，最终决定活下来，并且互相取暖。

在这里，我还想提一提早期的一篇很早有人注意到的小说。它有着与《一个沙漠中的意大利人》比较相似的质地。但它的开头看起来是有逻辑的：小芊要在米村找一个人。小芊包里装着一封信，是城里的熟人写的，写给小芊要在米村找的那个人。小芊知道，只要把包里的信给了那人，那人也就成了小芊的熟人了。如果小芊要在米村办什么事，就可以张口对他讲。正这样想着，那辆来自乡镇、驶往乡村的公共汽车便迎面而来了。

这个故事的逻辑看起来是建立在中国人情社会的基础和规则上的。米村像是远处的一个寓言世界。小芊是连接现实世界与寓言世界的一根线，而那封信既是寓言的呈现品和证据。

小芊拿着那封信，在米村找到了第一个人。他叫大林。"那封信把小芊带到了米村，并使他们联系到了一起。"而到了下午，大林对小芊说，他们在村东头还有房子。于是大林和大林的女儿小林就把小芊带去了那里。然后再经过一番周折，大林和小林都有事，于是小芊要在米村办的事就只能由大林托付给另外一个熟人了。不巧的事情再次发生，那位熟人也不在厂里，于是大林就把小芊嘱托给厂办的一个小姑娘，又关照了小芊几句，便急匆匆地走了。

这样一来，小芊就一个人孤零零地留在米村了。

小芊坐在厂办临窗的一个座位上。从那里可以看到米村的一些风景。在中午打谷场明亮的光线和长久的等待中，小芊觉得自己又累又乏，以至于感到自己的身体正在渐渐缩小，渐渐凝固，并且终于有种无从把握的样子，于是就完全交付给这陌生而大的米村了。

直到小说的终了，小芊仍然没有见到她真正要见的那位熟人。她在这个人和那个人之间穿行，在小小的米村之间穿行。突然得出了这样的结论："现在我反倒是觉得米村变得越来越大了。"

很多年后再看这篇小说。我仍然很喜欢。甚至比当年更喜欢了。这篇小说介于缜密的逻辑与诗意的非逻辑之间。在生活的细节和庞大的寓言间穿行。虽然它没有连贯的故事，但我仍然觉得，在这样的类似于寓言小说的文本里，故事真的没有那么重要。

5

前不久参加一个活动或者是看一本书，究竟是怎样一个形式真的忘了。但里面的这句话却记得很牢。

写作不是指向事物的本身，而是指向它的阴影。

深以为然。无论是从现代叛逃到后现代，或是回归到"在敦煌沙就是宿命"的原点，就像一只装满了精密而结实的机械的飞行器。我们有两种描述的指向。一种极度的写实而产生的魔幻飞翔感；另一种则是指向飞行器的侧面。它是变形的，甚至看上去不像一个具体的飞行器的。

它们的逻辑隐藏在更深的深处。

在那篇关于李安的文字里，还有这样一个细节。拍完《色戒》后，李安说，这部电影是他有生以来拍得最痛苦的一部。至今不敢重看。他在崩溃中远赴法罗岛，求见英格玛·伯格曼。见面大哭。这个拍过《野草莓》到《第七封印》的老人，拍了一辈子关于生、死和怀疑的电影，到了88岁的时候，他自然懂得李安在哭什么……李安真狠，和王佳芝一起，把人活着要倚赖的几乎所有重大系统，一一进行拆解。《色戒》是李安的一个梦。在梦里李安做足了自己，梦一醒来，人就不能再是那个样子。要回到原来的逻辑系统当中。最后那抹抒情是他给予《卧龙藏龙》中的玉娇龙的。她纵身一跃……李安在她身上多有寄托。她往下跳，其实是飞。升华了。

2016年12月29日

苏州

抒情的逻辑（自序）

危　楼

1

　　林容容家住的是私房。她做古董生意的太爷爷传下来的。我认识她的时候，她们家刚刚落实了政策。那年林容容二十一岁，穿着大街上文艺青年们流行的蓝印花裤。她长得有点婴儿肥，看人的时候眼睛定定的，但给人的感觉却是她根本就没正眼看你。其实她并不近视，并且也还应该算是好看的。

　　她带我去看那栋旧洋房。里面占用的人家全搬走了，荒芜了一段时间。草都长出来了。

　　我们是翻着围墙进去的。

　　小楼外面有个院子，院子中间是一棵开花的桃树。但那天我们没在桃树上看见花。前一天晚上刚下了场雨。桃红遍地了。

　　那天我穿了裙子，行动不太方便。翻墙的时候我不小心崴到了脚。林容容让我在下面休息会儿，自己就噔噔噔上楼去了。

我听到楼板的响动声，嘎吱嘎吱的。头顶上，木头的缝隙里很慢很慢地掉下尘土来。这栋旧房在一条幽深小巷的最里面，而且还是个死角……突然，一扇没有关好的门发出很响的"嘭"的一声。

我是个有名的胆小鬼。但那时我正在谈恋爱，所以总觉得自己其实不是一个人。我在那个幽暗的堂屋里踱着步，身上附着了隐形人给予的勇气。我还小声地呼唤了起来。

"林容容……你在吗……林容容……你在哪里呵？"

我叫了很长的时间，但听不见回音。于是我又叫。头顶上继续掉下来很细很细的灰尘。有几颗几乎掉到我眼睛里去了。我甚至还能清楚地听见那些声音，那些残存的桃花瓣落到地上的声音。

后来，过了一段时间，我对林容容讲起这件事情。我说那天到底是怎么回事呢。我叫你，你不答应。我上楼来找你，楼里面全是隔夜阴雨的气味。很久不住人的霉味。还有些门窗的声响。但房间里却是没有人的。空无一人。

但林容容不承认这个。她理直气壮地对我说："我明明在那儿呵，我好像还听见楼板响的。"

我仍然觉得这事情有点蹊跷，又问："那你听到几次楼板响呢？"

林容容摇头，说这个她记不清了。于是我告诉她，是两次。第一次我上去的时候没看到她，心里害怕，就又下来了。但后来我又听到上面楼板的响动，嘎吱嘎吱的……所以过了会儿，我就又上去了。这一次，门一推开来，我就看到林容容了。她站在二楼的窗台那里，一只手撑着下巴，正在那儿发呆。

林容容家的小楼，是很有些奇怪的传说的。所以很长的一段时间，我胆小多疑的本性又在驱使我胡思乱想。一会儿想想这个，一会儿又想想那个的。但后来有一天，我突然有点想明白了。

林容容比我大一岁。她发育得很早，又从来就是个浪漫不羁的角色。那一年，她应该也是在谈恋爱。

2

我在二十七岁的时候，和我认识的第二个男朋友结了婚。这不是一件非常完美的事情。完美的事情，应该是和第一个男朋友结婚的。

我们两个家境都很一般。我是一所普通中学初中部的美术老师，他则是个机关里面的小职员。在我们认识一年以后，他给我家里送了合适的彩礼，给我买了个不大不小的戒指……然后告诉我说，我也不是他第一个女朋友。

结婚以后，我们和他的父母一起住过一段时间。是七层楼高的老的公房。而我们就住在顶楼。那时正是个百年难遇的大热天。一楼的男主人穿着肥大的裤衩，在门口神色可疑地走来走去；走到四楼的时候，总有一个白内障的老太太坐在门口，哆哆嗦嗦地剥着毛豆；六楼有条恶狗；而我的公公婆婆都不太爱说话。他们喜欢吃异常清淡的菜。所以我总是买了好多辣酱、话梅之类的东西，偷偷藏在卧房里。

日子过得倒是还算凑合。夏天很快过去了，我发现我的丈夫有一个奇怪的癖好：天气才刚刚有点转凉，睡觉的时候，他就一定要关上窗户，而且是完完全全地关上，一丝一毫的缝都不能留。我坚持了几次，结果都以失败告终。于是顺理成章的，他的癖好也就成了我的癖好。

我是在一次散步的时候，才偶然发现，林容容家落实政策的那栋小楼，其实就在旁边一条巷子。那天的月色很好，我从那面围墙下走过的时候，一些姿态奇特的植物非常懒散地爬在墙上。它们的触角向四处蔓延着，就像一只垂落在那里的无比优美的大蜈蚣。

我在围墙下面站了一会儿。那段时间我和林容容几乎没有什么联系，所以我完全不能确定，她是否还住在那栋房子里面。那天，我站在小楼的围墙外面。突然觉得那面墙是那么高，而那么高的墙，现在的我是无论如何都不敢，也不能翻过去的。

后来我对我丈夫讲起过这件事。还带他去看了一次。那天阴雨，院墙里面有一阵阵的香气飘出来。能看见小楼里开着灯，但或许是天气的关系，看上去更像闪闪烁烁的鬼火。

我丈夫说他很不喜欢这个地方。所以我就打消了进去寻访林容容的念头。我们很快就走了。一路上，我们讨论着过段时间自己买房的事。好像还有一些其他的事。接下来他还问了几个关于林容容的问题。虽然我其实也答不上很多。后来我终于被问得有点不耐烦了，于是就打断了他的话。

我记得那天晚上雨下得很大。半夜我醒过来的时候，雨点正敲打在紧闭着的玻璃窗上。非常密集，非常规则，也非常空洞。

关于林容容这些年的事，我多半也是听别人说的。落实政策后的第二年，她们家正式搬进了那栋小楼。那阵子，我和她正在一个夜校里上美术课。林容容是班里面最光彩照人的一个。第一天上课的时候，她穿了件翠绿色的连衣裙，脑袋上顶着一个鸟巢形状的深玫瑰色假发。

下课时她和我结伴回家。她一脸喜色地告诉我说，她爱上那个气质忧郁的美术老师了。

那个晚上，林容容霸占了我家里的电话。在一种奇怪的半睡眠状态里，我倾听着林容容的倾诉。昏昏沉沉，竟然如坠仙境。这样的情形让我几乎无法判断，林容容究竟要干什么呢？是告诉我她满得藏都藏不住的情感？还是在暗暗地，但是异常严肃地警告我，不，是警告所有的人——那个穿得土里土气、胡子拉碴的美术老师，这个偶然出现在她面前的人——从那天开始，从那个晚上开始，他是她的，他属于她，仅仅属于她……

"你明白了吗？"电话那头林容容的话，再次把我从假寐中唤醒。

"明白了，我明白了。"我回答得语无伦次。

但我仍然是个胆小的人。

于是，我不无担心地、小心翼翼地问道："你有把握吗？他……对你……会怎么样？"

电话那头发出了轻蔑的鼻息声。这个问题是属于我这种胆小鬼的。林容容根本就不屑回答。

扔掉电话我就睡着了。平时我很少做梦。那个晚上也像几乎所有的晚上一样，我睡得很安心很踏实。

对了，那个晚上还发生了另外一些事情。有一些我意识到了。还有一些则是完全没意识到的。比如说，直到很久以后我才知道，我的第二个男朋友，也就是我现在的丈夫，那天晚上其实他就在隔壁班上课。他学的是国家统一的公务员课程。课间休息的时候，我们说不定还在那条黑咕隆咚的课堂走廊里擦肩而过呢。当然啦，我不一定能记住他，他也不一定能记住我。我那天穿着最最普通的细格子棉裙，齐耳的学生短发，眼镜是浅黄色镜框镶着几道咖啡边的。除了那颗毫无特色的胆小的心，以及稍有特色然而隐匿极深的灵魂，我和大街上任何一个人都没有区别。

在我结婚以后，有一天，我和我那丈夫开玩笑说："我和你呵，可真是天生的一对，地设的一双。"

谁说不是呢，我们都是深海里的长住鱼。在黑咕隆咚的河道里游着游着。游倦了，总会不动声色地在一起。

还有一件事情。那天晚上，在林容容疯狂而又迷乱的电话倾诉里，还夹杂着另外一些奇怪的信息。她神秘兮兮地告诉我说："我的外婆，你知道吗，我的外婆。"我在电话的这头自顾自地摇头。她则在电话的另一头自顾自往下说。

"我的外婆，她是从封建大家庭里逃出来的。为了我的外公，为了她热血沸腾的理想，在一个大雪天的晚上，她狂奔了十多里路，身上只穿了一条蓝底白花的单裤。"

不知道为什么，我的眼前突然晃过了一条蓝底白花的裤子。那是我和林容容翻越围墙的那个下午，她的身上就穿了条蓝底白花的裤子。她在我面前就像激流里的飞鱼，轻捷地腾身一跃，很快就消失不见了。

"那后来呢？"

"后来？"电话那头的声音果断而又急切，"后来她成功了，并且改变了她的一生。"

这种奇怪的事情出在林容容家里，就变得一点也不奇怪了。我稍微感慨了两句，就安静了下来，闭了嘴。人各有命吧，我的命是在黑漆漆的夜校走廊里，波澜不惊地遇到我未来的丈夫。林容容的命当然是不一样的。她有任何一种离奇的命运也都是应该的。都是我可以想见的。

不过，有一件事情却是我万万没有想到的。我怎么可能会想到呢，那个晚上，那个我和林容容几乎通宵电话的晚上，它距离我下一次再见到林容容，这中间竟然整整相隔了七年之久。

在那个通宵电话过后的一个礼拜，我生了场大病。那时我和我的第一个男朋友正处于冷战阶段。我像得了热病似的，一会儿鼓足勇气地去讨好他，一会儿又战战兢兢地自我忏悔着。觉得生不如死。那个礼拜我没去夜校上课。到了再下一个礼拜，我正在灯下准备着隔天上课的东西。突然，电话响了。

是林容容。她匆匆忙忙地说了几句。大致的意思是，她马上就要上火车了。所以把这个消息告诉我一声。

伴随着火车的汽笛声，我好像还听到她兴奋地叫了起来："是两个人！我们两个人走！"

我听得有些莫名其妙。直到后来我才弄明白，她说的两个人，其实指的就是她和那个美术老师。也就是说，在两个人认识了十多天以后，她带着那个气质忧郁的男人私奔了。

　　在我和林容容失散的这七年里，我们生活的这个国家发生了很大的变化。我和林容容生活的这个城市也发生了很大的变化。当然，我也在变化。不过，和这个国家、这个城市里绝大多数的人一样，我的生活是流畅的。是源远流长的绳和线。一头连着我们几千年的伟大传统，另一头则接着谁都捉摸不透的将来。

　　而林容容的自然就是一些散落下来的碎片了。

　　据说她和那个老师出走以后，就去了一个非常边远的省份。他们在那里住了下来，轰轰烈烈地生活了一阵子。但是林容容究竟去了哪里呢？有一阵子，我放了一张全国地图在玻璃台板下面，空下来的时候就仔细地琢磨一下。不过按照林容容的脾气习性，我觉得自己根本没法判断她去了哪里。因为她哪里都可能去。那一阵全国好些地方都在发洪水，是个大灾之年，电视上每到播放抗洪救灾的群众场面时，我就老是在那些光着脚丫、卷起裤腿的人群里找来找去的。我老是觉得林容容很可能就在里面。她雄赳赳地坐在一只橡皮艇上，手里举着一面小红旗。在她身后，是凶猛的水，滔天的水……

　　我还开始悄悄地留意起报纸的社会新闻栏目。那些离奇的社会新闻、法制新闻，我怀疑里面冷不丁地就会冒出"林容容"这三个字。有一次，晚报报道一个西南省份有位母亲生了四胞胎。两男两女，还都是龙凤胎。报纸上登着那个幸福的英雄母亲的侧影。我盯着看了一会儿，越看越觉得她像林容容。

那简直就是大了几码的林容容嘛。那个不羁的下巴。顽皮上翘的鼻尖。还有那双眼睛，那双从来都不正眼看你的眼睛。

有一天晚上我做梦。在梦里面，失踪多日的林容容开口说话了。她的声音很清晰。非常清晰。

她说："我很好。"

我张了张嘴，想询问一些我迫切想知道的事情。我太想知道了。

林容容继续往下说："真的很好。"

我发现自己完全发不出声来。这是经常会发生的事情。在梦里，我要么超越常规地大喊大叫，要么就是完全发不出声音。

林容容还在说："你来吗？"

我拼命点头。

林容容非常冷漠地看着我说："你不会来的。"

我想争辩，但仍然哑口无言。这让我感到非常焦虑。

林容容的脸变得越来越冷漠了。她冷冷地看着我说："好了，你不用说了，我都知道。"

我不明白林容容究竟知道什么了。但在梦中，她那张冷漠的、毫无表情的脸，却真的让我沮丧了很久。这些年来，我的生活、工作、恋爱、结婚，那真是环环紧扣，一环都不敢松懈呵。只要松了一小环，我就会害怕。只要有一丁点的缝隙，我就会恐惧。但老天知道，其实我是那么想念林容容，想念那个流落在外、飞鸿无讯的林容容。我甚至还把她的一张照片偷偷夹在备课用的笔记本里。对于这个不知生死的林容容，我怀有一种隐秘的亲切感。因为我觉得，她就像我的另一个自己。另一个我藏匿得非常非常深的自己。

林容容已经成为我的幻象。

3

我没有想到，我和林容容的重逢竟然来得这样简单，这样平常。简单平常得几乎都不像是真的了。

那天晚上我正躲在房间里，一边备着课，一边用白馒头蘸着辣酱吃。外面的小客厅里，公公和婆婆正在看电视。好像是一本缠绵的家庭伦理连续剧。从门缝里可以看到，公公和婆婆正非常端正地坐在沙发上。有那么几次，我无意中发现婆婆像是在偷偷地抹眼泪。男人总是理性很多，所以这个时候，公公总是尴尬地干咳两声。

他们好像都有点怕我看到。

林容容的电话就是这时候打进来的。她稀松平常地和我打着招呼，仿佛她昨天还在这儿，吃着酒酿南瓜，陷落在布沙发的中间……她抬着那个尖尖的下巴，不容置疑地对我说：

"明天来我家吧。家里的昙花要开了。"

不管怎么说，这后面一句话还是让我眼前一亮，并且隐隐约约地感到了兴奋。正是这句话让我对这次重逢开始抱有期待。或者说，正是这句话让我相信：刚才匆匆忙忙和我说话的人，那个人真的是林容容。不是旁人。真的是她。因为只有她，才会把那种奇怪的、危险的、她已经带走很久的气息，重新在我面前弥散开来。

我甚至已经闻到了那种熟悉的、让我久久兴奋的气味。

第二天下午，我去了林容容家。远远的我就看到她了。在二楼的窗台那儿，她正向我招手。

我一路小跑着上了楼梯。一个满脸皱纹的瘦小老太太，一手拿着几件脏衣服，一手提着鸡毛掸子，在楼梯口和我打了个照面。

林容容长胖了。那个傲慢的尖下巴现在成了双层的。在下午两三点钟的强烈日光下面，她的脸上能看出非常明显的雀斑的印记。那张我曾经熟悉的脸有了不小的变化。好像多出了一些什么，又显然是少了点什么。

林容容比以前长难看了。

"你好吗？让我好好儿看看你！"她欢快地，几乎是雀跃地从窗口那儿朝我扑来。

我被她的情绪感染了，也有点激动，一时竟说不出话来。

"我过得很好！你知道吗！非常好！你都不知道我过得有多好！"她快乐地在房间里一连转了好几个圈。

林容容下楼去给我倒茶水。我坐了下来，平复一下久别重逢的心情。胸口装着那颗怦怦乱跳的心，我四下打量着这个说不上熟悉，但是也绝不陌生的房间。

房间里弥漫着一种劣质皮鞋受潮后刺鼻的橡胶气味。那双还算小巧的女式皮鞋就躺在椅子旁边，上面沾满了泥。房间靠窗的角落那儿，放着一只巨大的帆布旅行背包。拉链敞开着，里面的东西歪七歪八地散落在那儿。能看见白色胸罩的一个角，一件黑色透明的女人衣服，几块脏兮兮的浴巾一样的东西……

我在地板上还看到了一本袖珍版的《世界艺术史》，只是其中有两页纸被潦草地撕了下来，揉成一团，胡乱地扔在地上。

伴随着一阵急促的脚步声，林容容重新回到了我的面前。她端来了茶、糖果、瓜子、面包，甚至还有我喜欢的辣酱和话梅。她搬了个小凳子坐在我对面，紧紧地拉着我的手。我的脸都红了，莫名其妙地沉浸在一种甜蜜而充满高潮的氛围之中。

林容容对我说了很多事情。

当年她坐三天三夜的火车离开了家，一路上奇遇不断，精彩不断。就在这些奇遇与精彩的循环往复之中，七年很快就过去了。她说就在昨天，有家本地的晚报来采访她。他们不知怎么就知道她回来了。她都回来一阵子了，他们一直找不到她，联系不上她。即便联系上了她也不想理睬他们。所以昨天，他们是偷偷摸摸地找上门的。他们一共三个人，准备了照相机、摄录机，以及目前市面上最先进的录音设备。

"那时我正在房间里睡觉呢，突然就听到楼板响了。"

她微笑着，非常小声地告诉我说，仿佛正在诉说一个让人心醉已久的秘密。

在整个回忆与诉说的过程中，林容容一直处于高度兴奋的状态。她的眼睛亮了，发胖了的双下巴仍然高傲地微微翘着。我甚至觉得她其实还是好看的。我的两只手被她死死地抓在手里。我像个傻瓜一样呆坐在那里，不断地点着头，内心却感到惭愧、内疚。我不敢打断她的话，甚至不敢动，只是偶尔才发出几声尴尬的、自愧不如的干咳声。

就在这时，隔壁房间突然传来一阵婴儿的啼哭声。过了一会儿，刚才那个我在楼梯上遇到的瘦小老太太走进来，冲着林容容大声说着："快去看看！该喂奶了！"

或许因为我的脸上写满了疑惑与不解，林容容补充说明似的又说了几句："忘了告诉你了，是个男孩子，五个月了。"

"孩子？……你的？"

她点了点头。

"那……他呢？"我一下子想不起来，那个忧郁的中年美术老师，到底应该怎么称呼他呢。

"他？半年后他就走了。走就走。不过，他真是爱我的。你都不知道他有多么爱我！"林容容一副满不在乎的样子。

"那这孩子？"我越来越糊涂了。

"另一个男人的。他也爱我，谁也不知道他有多么爱我！"

说这句话的时候，我突然注意到，在整个林容容的身上，只有一个部位和表情是完完全全没有变化的。她的眼睛。她说话时的那双眼睛，即便它是死死盯着你的，却也总给人一种根本就没正眼看你的感觉。

我很快就离开了林容容家。

我在小院里又稍稍站了会儿。阳光正大，小院显得苍白、简陋，甚至还有些肮脏。而院子中间的那棵树又粗壮了不少。无数的叶子疯长着。但根本就看不出是桃树、梨树，或者其他的一些什么。

瘦小的老太太正从外面倒了垃圾回来。她很不友好地朝我白了一眼。这让我心里有点不舒服，便随口问了一下："请问您是……"

"她的外婆。"

她的回答硬邦邦的。就像远古时候的石头。

那天晚饭以后，我和丈夫聊了聊林容容的事情。他非常坚决地认为她是个妄想狂。现代医学上有很多这种病例的。极端的，危险的，无处不在的。他们单位的旁边就是市妇联，最近这种类型的事情发生得非常多。他们领导去那边检查工作，他也跟着去的。然后他又非常不屑地讲了几个例子给我听。

说完以后，他伸了个懒腰。"早点睡吧。"他对我说，然后又补充了一句，"以后少跟这种女人打交道。"

我很累，却怎么也睡不着。

那天我是开着窗子睡觉的。半夜的时候风很大，在睡梦里他咕哝了几句让我关窗。但我没有理他。

金丝雀

少年的尸体是被一对恋人发现的。

附近派出所的警察听他们报案时，那女的还打着哆嗦，她脸色苍白，两手死死地抓住男人的手臂，嘴里发出一种莫名其妙的咝咝的声音。

"死了……他死了……在树丛那里……趴着。"

花了好长时间，警察才弄明白大致的情况：两人在公园里约会，不知怎么就走到树丛那里去了，是公园里比较密的树丛，与大街只隔着一排铁质的镂空栏杆（显然，那男的也有些紧张，他声音颤抖地说出了许多不大相干的细节）。而那具尸体就横在树丛的空地上，身上有很多血，非常吓人。

"是个男的，穿了双球鞋，像个学生。"

女人可能害怕过度，她说话时声音是悠在半空里的，但又不能不说，仿佛说了一点，害怕就能从体内多跑出去一些。她一边说着话，一边用力抓住男人的手臂，仿佛要把指甲嵌进他的肉里面去。

警察盯着她的那双手，瞬间里有些分神。

"他就趴在那里，脸朝下，手脚都伸开着。我们一开始都没有在意，谁会想到大白天的就遇上个死人。谁都想不到这种事情的。"

男的用手理了理自己的头发。看来，他已经很快恢复了镇静，他甚至还从口袋里掏出一包烟，递了一支给警察。

"想不到这种事情的，哪里会想到这种事情。"男人给警察点上烟，继续说道。

公园就在市中心的大街旁边。应该把这样的公园叫作街心花园，但它又显然要比一般的街心花园大一些。隔着铁质栏杆，人们可以看到公园的里面。

草地上坐着几个人，也有躺着的，在某一段时间里，他们看来是静止的。在公园的外面可看不到这样的情景。公园的外面是个活动着的世界，看不大到静止的东西，什么都在变化着。一眨眼的工夫。而公园则是让人休息的地方，是个意外的地方，所以说，在公园里发生些意外的事情，包括在树丛里看到个把死人，毕竟也是一件可以理解的事情。是的，其实这话就是警察说的，他说："不要害怕，没有什么的。"他说这话明明就是为了安慰他们，特别是安慰她，看起来，她的脸上直到现在还是毫无血色，那样子倒是真有点吓人。

这对恋人带着警察重新来到公园的时候，正是正午时分。那女的现在已经不打哆嗦了，但仍然死死地抓住男人的手臂。初夏正午的阳光是白色的，天气越好，颜色就越淡。这阳光照在女人的手上，有一种虚幻的、向四周荡漾开来的光泽。

白色的手，死死地抓住一个男人的手臂。

公园里静悄悄的，没有任何反常的声响。有一只蝉嗞地叫了一下，像是发现了什么错误似的，马上又停止不叫了。让人怀疑刚才只是种幻觉。树木的叶片都长得老大，已经长到一年里面体积最大的时候，并且吸足了水分，使人觉得敦实与心安。一切都照常进行着，以至于他们绕过椭圆形喷泉，向树丛走去时，瞬间都产生了一种奇怪的感觉。

真静呵。女人想。她想着的时候，不由得又打了个哆嗦。

死人了。真的死了人了。男人莫名地感到有些兴奋，又觉得"死"这个字就像喷泉的水，一点点溅出来，是凉飕飕的。

那个女人的手呵。警察在大太阳底下眯了眯眼睛，他的这个动作特别给人以一种人情味的感觉。一个警察在正午公园的太阳下面眯了眯眼睛。

"就在那里。"还是那个男人首先打破了沉默。他下意识地挣脱了女人的手指，赶前两步，与警察并肩而行。

少年十二三岁的样子，穿一件蓝白相间的海魂衫。他四肢伸展，趴在地上，看上去直僵僵的，当然，是在知道他已经死了这个前提下的感觉。或许他倒还是温热的，手臂是温热的，它们现在正伸向前方，其中的一只一小半嵌在泥土里面。腿也是这样，还有头发。除了嘴角与耳道那里有些细细的血流以外，实在看不出少年的身体有什么特别异样的地方。当然，血是另外一回事情，血总是有的，还很多，让人感到恐怖的其实是血。它是额外的事情，是一种意外。

警察绕着尸体走了一圈，又凑到少年的脑袋那里看了看，他还抬起头四处张望了一下，然后便在旁边的空地上坐了下来。

"是摔死的。"

警察从男人手里接过烟，点起来，又转身看了看躺在地上的少年："从很高的地方摔下来，头部先着地。"

说完这句话，警察忽然沉默了一会儿。他甚至一点都不掩饰这种沉默，好像，他正在想着什么事情。他确实给人正在想什么事情的感觉（把烟点着后，他狠狠地吸了两口），但没有人知道，他到底在想些什么，类似于警察正在想什么这种事情是很少有人知道的。

而女人可能忽然又感到害怕了，太阳照得人头脑发晕，手里又没有烟，手里没有烟的女人是很容易感到害怕的。况且她还穿了件白色的裙子，站在血淋淋的尸体旁边（她下意识地摸了摸自己的裙子），接着，她转过头，寻找旁边男人的眼睛，他正看着别的什么地方，没有找到，就又把眼光收回来，停留在少年的海魂衫上。她可真是害怕，又是害怕又是想看。

这时，警察把手里抽了一半的烟扔掉了（他好像突然感到自己刚才有些失态，作为一个警察，他飞快地职业化地感觉到了自己的失态）。

"他们就来。"警察说。他从地上站起来，扔掉烟头，然后告诉他们说，其他的人很快就会来了，他的同事们，那些和他穿一样衣服的警官，还有验尸的。公园的平静很快就会被打破，他们将非常精确地计算出具体的死亡时间，当然，还有其他的一些东西。

女人点点头，她正看着少年的尸体，神情有些恍惚。

"你们常到公园里来吗？"警察问道。

　　仍然是那个警察，他坐在一张靠背椅上。夏日正午的阳光（虽然是初夏），疲劳，还有害怕，就这样，女人仿佛忽然老了许多，她张了张嘴巴，像是要回答警察的这个问题，又忽然停住了。她望望窗外，那个男人正在外面，一个小个子、鼻尖有些发红的警官指手画脚地和他说着话。

　　"有时候……有时候是吧。"她说。

　　看得出来，说这句话时，她的脸微微红了一下。

　　警察记录的笔停住了，但没有抬头，他的眼睛重又停留在纸张的上半段——上面写着女人的职业：一家影院的放映员。警察熟悉那个影院的名字，就在街道的拐角那边，用红砖砌成的小尖顶。

　　就这样停顿了一会儿，女人又接着说下去。因为事先已经关照过，作为目击证人，警方希望他们提供尽可能多的细节：这个初夏的中午，在公园里。

　　"我们大约是十二点不到进的公园，"女人说，刚说一句，她又停住了（显然，她还是有些害怕，她不由自主地选择了这种叙述方式，一些恐怖电影和推理故事里经常使用的方式。她好像被自己吓住了，于是就闭了闭眼睛），"我们从正门进了公园，公园里人不很多，刚吃完饭的这段时间，大家都懒洋洋的，特别是在夏天。都想睡觉。草地边的石凳上就有人躺着，脱下来的外套盖在脸上。我们坐下来，听到不知是谁随身带着的那种小的收音机，里面正唱着评弹。我是喜欢听评弹的，但他好像不喜欢（这句话讲得很轻），他就拉着我朝另外一个方向走。太阳照得厉害……"

　　警察开始时还做着记录，后来就停住了，看着女人，却并没有打断她的说话。女人穿了一件白底碎花的吊带连衣裙，坐在房间的阴影里，肩膀的线条显得很瘦弱，声音也是瘦弱的，以至于警察过了很久才和善地插话说："后来你们就到树丛那边去了？"

　　"是的。"被打断了说话的女人顿了一下，接着便仿佛不知道怎样说才好，她有些怯生生地看着警察，等待着他的继续提问。

　　"请形容一下当时的目击现场。"警察的声音冷冰冰的，但听得出来，语调是和缓的，经过了一些处理。

　　"他就趴在那里。"对于多次重复叙述同一内容她显然有些不解，但警察非常认真地做着笔头记录，又使她感到这或许是件必需的事情，至少对于警方来说是这样。虽然无奈而又不解，但却是必需的。好多事情就是如此，她是知道这个的。"他穿着海魂衫，挺醒目的，长得又不高，还是个孩子。我隔了老远就看到他了，趴在地上。怎么都没想到他已经死了。远远地看过去，他就那样趴着，像睡着了一样，怎么就会死了呢？真是吓人。"讲着讲着，她的脸又白了，过一会儿，又涨得通红，像是想到了什么事情，要哭出来。

　　警察站起来，走到一边的桌子那里，倒了杯水，递给她。她愣了一下，接住。

　　"你们在树丛附近走动的时候，有没有听到什么声音？"警察背靠着墙，站在阴影里，继续问道。

　　"声音？"她皱了皱眉，"树丛那里紧靠着大街，总是会有一些声音的，自行车的车铃声，卖冰棍的吆喝声，大街对面是个音响商店，那里面的老板喜欢放邓丽君的歌，而街道两旁全都是女贞树，女贞树的叶片和白色的小花有时候就会被风吹到公园这边来。"

"一点都没有异常吗？"警察又问，"比如说哭声，吵架声，或者有什么重物从高处坠落下来。"

她的脸上露出一种使劲回忆的表情，但紧接下来，这种表情又被迷茫与困惑涣散掉了。她摇了摇头。

"没有，"她说，"没有什么不一样的地方，我们在树丛附近绕了几圈才走进去，本来想在喷泉那儿的石凳上坐一会儿的，但那里已经有人了，好像是一对恋人（她说出'恋人'这两个字时，声音非常温柔）。他们靠得很紧，在说话。我们就绕了过去。没有什么异常的声音，真的没有。"忽然，她像是想起了什么，眼睛亮了一下："除了——"

"什么？"警察竖起了耳朵。

"有歌声，"她说，"是首童谣。"

"哦。"显然，警察对这个不是太感兴趣的，他懒洋洋地做了个手势，示意她继续讲下去。

"声音隔得很远，隐隐约约听到几句，那调子是很熟的，有几句好像是这样：忘了唱歌的金丝雀呵，／把它扔到后山吧。／呵，不，不，不能，／不能那么做。"她说，"好像是这样，那声音很好听，不知道是不是从音响商店里传出来的。那声音真好听，真是好听。"

警察点点头。他已经有些显出倦怠的样子，从桌上的盒子里取出烟，点上。他的身体语言显示出这次目击记录已经临近尾声的意思。女人感觉到了，站起来。

"还有一个问题。"

警察看着女人（她的手正抓着纤细的皮包带子，那些带子不知怎么的缠绕在一起了，她的手抓着它们），他又想了想，忽然说道："最后一个或许有点冒昧的问题，当然，你可以拒绝回答。"警察停顿了一下，观察着女人的表情，见她仿佛并没有特别反对的意思，便说道："请告诉我真实的原因——今天中午为什么去公园？"

女人困惑地看着警察，迟疑的表情在她脸上显得很浓。包已经背在肩上，手却还抓着带子，手指把它们绕起来，又放开，再绕起来。她已经站在了门口，一副就要夺门而出的样子，忽然，她转过身。

"有点不太愉快的事情。"她又迟疑了一下，不知道要不要接着往下说。那种由突发事件引起的惊惧表情已经没有了，女人穿着白底碎花的裙子站在那里，肩膀的线条显得非常瘦弱。

警察看着她肩膀的曲线，有些走神。

这对恋人在下午四点左右离开了派出所。警察把他们送到门口。两人都骑自行车，车子到巷口，一拐弯就不见了。警察却还在门口站了一会儿，他又在抽烟，今天已经搞不清这是第几支烟了。而太阳也已经由白色转成了淡黄，街上忽然变得空旷起来，不远处的那个公园由于中午发生的事情嘈乱了一阵，现在也基本平静下来了。验尸报告清清爽爽地放在桌上，上面写着：

尸体表面检查：死者上身穿圆领蓝白条文化衫，衣着自然，无破损撕裂现象。耳道、鼻孔内有血迹，右侧顶枕部有点状表皮擦伤。解剖见：脊颅骨骨折，脑沟变浅，脑回变平，蛛网膜下腔广泛出血，脑脊液呈血红色。主检法医分析认为：死者是从一定高度跌落，造成颅骨骨折，蛛网下腔广泛出血而死亡。

死者的其他情况也很快查清了，是公园附近一所学校的学生，从外省转学来的，和七十多岁的老奶奶生活在一起。据学校老师说，这孩子平时话不多，也没有什么朋友，喜欢独来独往。成绩是中等水平，还算听话，不惹事，是个让人留不下太深印象的孩子。穿白衬衫、灰裤子的中年女教师说这话的时候，脸上不断闪现出刻意回忆的神态，让人感到，假如不是因为这初夏中午白茫茫的阳光下发生的事情，她是很有可能记不清这个孩子的，但同时，她也真的有点被吓坏了，嘴里嘀咕着：

"怎么会是这样……怎么会是这样……"

警察把手里的烟头掐灭，又点上一支。

少年是从树上摔下来的，树挺高，在公园的树丛那里，还不难发现挺高的树木，而从现场来看，少年两手的手心与手臂都留有深浅不一的划痕，估计是坠落时攀抓树枝所造成的。就是这样简单，并且不可能存在其他的解释。

少年中午去了公园，他背着书包，里面放着一天要用的书本，书包里还有一小袋零食（估计是老奶奶放进去的，这只书包后来在一根矮树桩旁边被发现了）。这是一个街心花园，这样的街心花园一般不用购买门票就可以入内，对于一个在附近学校上学，又喜欢独来独往，并且没有什么朋友的孩子来说，在初夏中午的休息时间，到公园里去消磨一下时间也是非常合乎情理的事情。公园的看门老头刚才就用颤颤巍巍的声音说，他常看到这孩子，因为长得有点像他的孙子，所以就留意上了。"他常来，背着个很大的书包。"老头说。老头还说，有一次，他忽然想和那孩子说几句话，谁知那孩子红了红脸就跑远了。"他怕生，但跑得快，像头小鹿一样。"

警察下意识地把手挥了两下，散去一些眼前的烟雾（他那样子显得有些烦躁）。

案子是很简单的，没有什么枝蔓，那些目击者的笔录，也只不过是为了备案的需要。一个少年不小心从树上掉了下来。就是这么简单。但警察还是感到烦躁，这是很明显的事情，很明显就能看出来了，他手里拿了烟，在屋子里走来走去，一副心神不定的样子。过一会儿，他又在那张靠背椅上坐了下来，他把一条腿跷到另一条腿上，这样的姿势是放松的，是人在放松、愉悦的情况下采取的姿势。刚才那个男的进来进行目击笔录时采用的就是这样的姿势。警察注意到了这一点。

回想起来，男人对于问题的回答显得非常明确，明确而简单，这个，警察也注意到了。他的叙述语言是干巴巴的，不再有什么细节化的东西（这样就使警察觉得，如果再追加一些细微而琐碎的提问，将是多余而愚蠢的）。"确实给吓了一跳呵"，男人一直强调着这句话，但他的身体语言已经不再有那种"吓了一跳"的感觉，它们已经完全放松下来了。

"开始时我就怀疑可能是摔死的，但这是第一次看到摔死的人，给吓住了。"（说到这里，男人还咧开嘴笑了笑）

警察把这对恋人送到了派出所门口，他留下了他们的地址和电话，作为目击证人，很难说还有什么事情会麻烦到他们。但事情也就是这样了，不是太复杂的事情，这是他们都清楚的。两人都骑自行车，走到路边车棚那里去推车的时候，女人的手紧紧抓住了男人的手臂，她的身体给人一种非常渴望靠到他身上去的感觉（还有，她看他的那种眼神，她瘦弱的肩的线条），只是碍于身边的人，街上的人，她才没有这样做。但她的手紧紧地抓住他，仿佛要把指甲嵌进他的肉里面去。

（警察盯着女人的那双手，若有所思。）

两人的自行车很快就拐弯不见了，警察却还靠在墙上抽着烟。不知道为什么，他有一种危险的感觉，说不出来的一种危险。回想起来，他看到那个女人抓住男人的那双手，就觉得有一种危险。为了分析自己突如其来的这种感觉，警察靠在墙上，一边抽烟，一边思考一些问题，渐渐的，他理出了些头绪。

第一：这是一个感性的女人与理性的男人的组合，这样的组合至少有着不和谐的地方。

第二：女人太爱那个男人了（警察想，他能看出来这一点）。有什么过分的不容思考的东西存在着。女人太爱那个男人，有些事情过了头，总是危险的，她太爱他了。谁都能感觉到这一点。

而至于自己为什么老是会回想起女人纤细的抓着皮包带子的手，她瘦弱的肩膀的线条，那种困惑与迷茫的神情，警察则觉得有些无法解释。

　　几天以后的一个下午。

　　天气还是挺好的（仅仅从并不下雨这个角度来说），但很闷热，天空到处是一块蓝一块灰的色调，大家都在谈论说，这可能就是下雨前的征兆。已经到了黄梅天，总有人在抱怨着气压太低，走在路上脑子里发晕而脚底板是轻的。这些都是黄梅天的特征，虽然不太让人喜欢，但具备了这样的特征，至少能说明"时令总还是正常的"，这是一件让人感到定心的事情。

　　现在可以看到走在街上的警察。他穿了套便服，因为闷热，袖管卷得老高，和街上其他的人一样，他不时也抬起头望望天色。雨没有下下来，一时半会儿是不会下雨的，但到处又都在给人要下雨的感觉。警察走得很快，这种快更多的是取决于一种相对运动：因为气压与时间的关系（下午这个时间是涣散的。如同梦境的边缘），街上的景物与行人都有着一种滞重的质感。像雨滴一样，要往下坠落。但显然，走在街上的警察不是这样。他走得甚至有些匆匆忙忙，仿佛赶着要到什么地方去的样子。

　　街道上驶过的几辆大卡车有时会打破这种滞重。喇叭声尖利刺耳（乍一听来，很像码头边的汽笛声。撕心裂肺，与一切高强度质感的东西有关），让警察忽然想起昨晚看到的一部录像。在那里面，这种模拟了汽笛与喇叭声的刺耳声音一旦响起，接踵而来，便是突然的变故。比如说，奔跑。比如说，酗酿许久的情感，小心地节制地喷发（仍然是小心而节制的）。但警察搞不清楚，大白天的，这种超载而笨重的大型卡车是怎样进入城区的。"现在才是下午四点多钟呵。"警察抬起手腕，看了看分针与时针具体的分布形状，心里默默地想道。

　　警察走进了街边的一个小咖啡馆。这个时间，咖啡馆里人迹稀少。马上就能看到吧台那面的火车座里有个人影动了一下。有没有朝着警察挥挥手看不清了。但显然，这个人在等着他。警察也看到了。他眯了眯眼睛，向那边走去。

　　"不好意思，还麻烦你出来。"

　　警察刚刚坐下来，那人便开始说话。但声音是很轻的，特别是混杂在劣质空调发出的嗡嗡声中。现在能看清坐在那里等警察的那个人。虽然脸部轮廓大半还沉在阴影里，但身体的曲线是分明的（瘦弱的肩膀线条，有点疲惫地斜靠在椅子上。穿了件深色的衣服。出乎警察意料的是，她在抽烟。左手夹了根细长的烟，虽然没有抽的动作，但烟味细细长长地弥漫出来）。

　　有人走过来问警察要喝点什么。警察说了个名称。那人点点头，走到一边去准备。是个很随便的街头小咖啡馆，甚至服务员也没有穿特别的工作制服。他们给警察拿来喝的东西后，便远远地走开了。真心不想注意什么事情。而火车座的卡位也是高高的，从外面望进去，很难看清楚什么。

　　"找我……有什么事吗？"喝了口冰镇的饮料后，警察脸上带出一点笑（很难察觉的），然后这样问道。

　　她垂下眼睑。深色衣服使她显得更加瘦弱了（不知怎么的，警察眼前又闪现出那天中午的情景：她打着哆嗦，脸色苍白，一副被吓坏的样子。而两只手则死死地抓住男人的手臂。那天中午，阳光是白色的）。

"非常冒昧的。"女人开口说话了，"真是非常冒昧的，那天……那天离开你们那儿以后，做了几天的噩梦……"说到这里，女人停顿了一下。她拿烟的那只手有些细微的抖动，很长的一截烟灰掉下来。看得出来，她并不常抽烟，是个生手。

"总是做梦，好几天了，总是这样。我想，我想总是与看到那孩子是有关系的。以前从来都没有过，离得这么近的……"

警察点点头。一般来说，警察往往属于见多识广的那类人。特别是在下午四点多钟，穿了便服、坐在街头小咖啡馆里的警察。现在，透过一面淡茶色的落地窗，可以看到外面的大街。有一群人正坐在人行道上，他们的手里举着些牌子。他们可能很早就坐在那边了，只不过现在人围得越来越多，渐渐地延伸到行车道上去，影响了一些交通。虽然声音听不清楚，但能感觉到很多车子在按喇叭，汽车司机把汗淋淋的头探到车窗外面去，嘴里骂着粗话。

"工厂破产了，他们没有饭吃。"有人在议论这件事。议论声悄悄地蔓延开来。人们低眉顺目地听着，皱起些眉头，想到一些事情。他们可能刚从公园那里过来，而公园位于大街的中心地带，在咖啡馆这个位置是看不到的，女贞树的香味也没有，大街上人来人往。但不管怎样，女人说话的时候，警察总是非常耐心地听着，他也点了根烟（那才是真抽，一口接一口的）。

"我知道的，"警察又吸了一口烟，然后拿起杯子，看着里面的液体，"开始时，我也不习惯，只不过后来，见得多了。"

"我很害怕，又不知道和谁去讲这件事情。"女人用手抱住了自己的肩膀。

（警察看着她的这个动作。）

"就这样死了，那孩子。还流了那么多血。"女人把杯子放到嘴边。在咖啡馆昏黄的灯光里，杯子发出一道有些黯淡的亮光。这时，警察才注意到，透明的玻璃杯里装的，是酒。

警察仍然点点头（麻木的，无意识的）。"时间长了，就过去了，总是会过去的，时间一久，就会把什么事情都忘记的。"警察说。警察一边说着这样的话，一边把抽得差不多了的烟头掐灭掉，然后再点上一支。警察抬头看了看沉在暗影里的女人的脸，又补充着说，有什么办法呢，没有办法的，高高兴兴的一个中午时间，哪里会想到就发生了这样的事情。谁也想不到的。

女人没有说话。她好像正沉浸在什么事情里面，而顾不上把邀请警察的原因说得更明确与充分一些。但很快的，她又从这样的沉默中苏醒过来，尽量把声音变得明快活跃些，说道：

"不想这样打扰你的，没有办法，有时候，人难免会遇上些没有办法的事情……"

女人抬起头，仿佛没有什么目的地看了眼警察（等待着一个并未提出疑问的答案），然后，又接着往下说。

"一连几天了，老是想着那件事情，在眼前晃过来晃过去的，总是忘不了，已经好多天了。就想找个人说说话。我想，你不会介意吧？"

警察看了女人一眼。他尽可能轻松地笑了笑，以表示自己非但并不介意这意外的邀请，相反，心里还是很乐意的。

小咖啡馆里这时有人弹起了吉他。只能听到吉他的声音，人可能坐在了吧台哪个阴影的角落里。因为视觉起不了作用，吉他声有种神秘的感觉，断断续续地，仿佛故意让它成不了调。

（有一两个人从外面走进咖啡馆。又有一两个人走出去。）

弹吉他的人忽然哼唱了一句，是首熟悉的情歌。忽然又停了。紧接着是一连串的和弦。（这种有些不安定却又滞重下沉的气氛明显地感染了女人。她大口地喝着酒，又轻轻地咳出声来。）

咖啡馆的色调又暗了些。或许这也是感觉上的事情。吉他声更像是一种提示：凡是下午四点多钟坐到咖啡馆里来的那些人，他们发出小声的、叽叽喳喳的声音。

女人喝了很多酒。至少与她瘦弱的身体相比是多了些。这让警察感到有些担忧。又因为两人其实并不熟悉，所以这担忧换个角度，更确切地说则是一种尴尬。有几次，警察想站起身告辞，手撑着座椅，脚踩在地上，已经使上劲了。但最终还是作罢。说话是个好主意。但除了那个中午、初夏、公园、少年的死，谈话就像一条沟渠，要伸伸脚，测一测宽度，才能跨过去。

这女人并不快乐呵。

警察心里暗暗想道。这样想着的时候，就像条件反射一样，有几个镜头又在脑子里闪过：

在公园里。女人穿着白色的裙子，站在血淋淋的尸体旁边。她下意识地摸了摸自己的裙子。

一双纤细的抓着皮包带子的手。

离开派出所时，女人的身体给人一种非常渴望靠到那个男人身上去的感觉。她看着他的那种眼神……

"你刚才说，你们常遇到这种事情？"

女人忽然又说话了。因为正沉浸在冥想之中，警察几乎被吓了一跳。他的眉毛动了一下，表示不太明白女人要说的意思。

"我是说……一个人就这样死了，好像也是很容易的，没有什么感觉，一下子的事情。就这样……"（女人不再说下去，停住了）

"也不是经常会遇上这种事情，"警察说话了，"这样的类型还是不多的。但死人倒是常事，特别是像干我们这一行的……"

说到这里，警察解嘲似的笑了笑。

后来，警察回忆说，那天晚上，他们确实在咖啡馆里坐了很长时间，因为女人一直在喝酒，一直坐着不走（当然，或许也是因为别的什么原因）。然后，忽然的，咖啡馆里有人吵了起来，开始是嘤嘤嘤嘤的，被有意压抑下去的，紧接着，玻璃碎裂了（黑暗深处有人把杯子扔到了地上），发出一种非常明亮的像刀子一样的声音（女人的脸抽搐了一下）。这时，他们才一起站了起来。

女人站起来的时候，警察注意到了她的脸，她肯定是苍白的，但更确切地说，是黯淡无光。羸弱、忧郁、女性化中的女性化……还有，就是一种固执。就像灰色的纵横交错的雨点，有时一颗较大的雨珠把一片草叶压弯了，但经过短暂的摆动，草叶又很快挺直起来。"那女人的脸就像那种已经挺直起来的草叶。"警察说，"有什么东西……那脸上还是有另外的什么东西的，但已经藏在后面了。看不见……雨……或者那种摆动。"后来，陷入回忆中的警察这样说道。看得出来，警察还是受到了不小的打击，经过一段时间的演变、扩散，甚至碎裂（总是会有些东西要碎裂的），直到最终的重新组合、恢复原状，事情终于变得大家都很容易看出来了。

一点都不像它当初的形状。

两人从咖啡馆出来时，天已经有些晚了。人行道上的那群人仍然坐着，手里举着些牌子，只是因为天色的关系，牌子上写着的字看不清楚。围着他们的人大都也散了，交通已经不成问题。虽然不时仍有人停下自行车，或者驻足观望，但街道倒是仿佛静了很多，有一些其他的什么成分加入了进来。

在这样的街道上站了一会儿，女人便邀请警察晚上去她工作的电影院看一本电影。但或许，这样的叙述正是警察在回忆中所做的假设。实际上，事情恰恰正是朝着一个相反的方向发展着——女人已经累了，而咖啡馆柜台上面的两只大灯不知被谁打开了。强烈的灯光。女人在强烈的灯光的阴影下面走出了咖啡馆。她还是骑着那辆自行车，向警察告别以后，女人忽然又想到了什么，她回过头，向警察伸出了手：

"真的不想这样打扰你的，没有办法……"

这个女人向警察伸出手来。

这天晚上，或许正是出于不知什么样的一种心理（好奇？同样的疲乏？黑夜中什么尚未定型的东西？），警察去了女人工作的那家电影院。

第二天。

城市里总是会有很多公园的，但这样的街心花园只有一个。站在分隔里外的铁质镂空栏杆那里，可以清晰地看到公园的里面。在这个角度看来，公园里面的"人"都有着静止的观感，像慢动作。思维也终止着，至少在做着沉淀、调整，或者盘算。有人正躺在公园的草坪上，就像睡着的一株矮树。也有人三三两两地在走。到处都是青草的香味，花上的露水，一竹竿的局部。天气仍然是好的（还是仅仅从并不下雨这个角度来说），天气已经好了这样长的时间，不得不让人感到有些吃惊。都觉得就要下雨了，不是今天就是明天。但天气却确凿无疑地否定着人们的预感。在这样的令人吃惊的好天气里，警察又去了那个公园。

警察在那个椭圆形喷泉旁边的石阶上坐下来。

他注意地看着公园里的人（露出一种期待的神色）。

有一个穿灰色衣服的正在从公园深处走过来。渐渐走近了。

警察看着他。

那人穿了一双黑胶的雨靴（左脚那只的下半部补了块半圆形的橡皮），手里拿着伞。领带倒是系得很工整，但颜色不好看。他像是在等什么人，不时地用手拉一拉脖子里的那条领带（公园里的人都像是在等着其他的什么人）。

警察看着他。但明显的，等待的焦躁与不安就像风一样，跟随在那人的后面。他在离警察几米远的地方站了会儿（还抬起眼睛，很快地看了眼警察），就又走掉了。看不见了。

警察在石阶上躺下来，伸了个懒腰。（对于警察来说，这是一个多么美妙的动作呵）

很远的临街的方向传来音乐声。（听不清歌词，但旋律是熟悉的）

有几个小孩子在草坪上做游戏。（纷乱的脚步声和尖叫声）

有一些阳光的阴影笼罩在警察瞬间闭起的眼睛上面。他的眼皮与睫毛不让人注意地抖动了一下（心灵的声音）。忽然，警察猛地睁开眼睛。是那个穿黑胶雨靴的人又走回来了。还多了几个其他的人，他们看上去并没有什么显著的特征。而草坪上的孩子们也跑累了，现在，他们正坐在草地上。一边笑，一边喘气。星星点点的，仿佛有雨丝掉下来。警察抬头看了看天（这样若有若无的雨丝让他想起了什么）。

就在昨天晚上，电影散场后，警察跟踪了那个女人（怀着一种多么复杂的心情呵）。他走在女人后面很远的地方，就像影子一样（那抓着纤细的皮包带子的手、瘦弱的肩膀线条、那挺直起来的草叶般的脸呵）。天上布满阴云，很像马上就要倾盆而下的样子，所以女人回家的时候并没有骑自行车，她站在离影院不远的一个车站那里。女人仍然穿着那件深色衣服，在黑夜里显得有种异常的神秘的意味（几个夜归的青年骑车经过她面前时，吹了几声响亮的口哨）。

没过多少时间，女人上了一辆电车。那种已经被淘汰的、左摇右晃的、叮当作响的电车。

今晚是个好日子。和平、安逸，并且廉价。（这是每个人都可以享受到的和平生活呵。被一辆老式的电车送到家里。车子的摇晃是规则的。倦怠而安心。而票价是低廉的。一个穿着朴素、漠无表情的女售票员走过来。）

买票。她说，或者什么也不说。

女人坐在一个靠窗的位子上。从哪一个角度都看不到她的脸，女人正沉在自己的手臂里。

今晚是个好日子。到处都是爱情的声音。（女人下车后，要经过一个黑暗的地下通道，女人的脚步声。嗒嗒嗒。嗒嗒嗒。警察用手摸索着略显潮湿的墙壁。警察的脚步很轻，像猫一样。就在女人"嗒嗒嗒"的脚步声与警察几乎是无法察觉的猫一样的脚步声中间，夹杂着时断时续的恋人们的絮语。）

在这个黑暗的四壁潮湿的地下通道里，它们究竟是从哪里传来的?

街上多么好呵。快餐店还在经营。透过敞亮的落地玻璃窗可以看见里面的情形:热腾腾的气息。香味。颜色。都是那样饱满的样子呵。而即便走在街上,一只真正的小白猫也会跳跃着闪过你的面前,白色的,一闪而过的。让你发出一声受到惊吓的尖叫(多么快乐呵)。

有什么地方在大声地放着音乐(门或者窗没有关好,也许都没有关好,一会儿声音轻下去了,很快又大起来)。

是首情歌。饱满的厚实的声音(亲爱的人呐,亲爱的人呐)。有人在晚上听到这样的情歌,会侧转身,别过脸去(因为害羞);也有人独自发着呆(向往或者黯然);街上有个人在飞快地奔跑,他跑得多么好呵,腾空的,跳跃的,用手臂、拳头捶打着前胸的(有多少心里话想要对她说呀)。多么好呵,多么好呵!

但女人仿佛一点都没有听到晚上的这种声音。

她把头埋在自己的手臂里。哭了。

(在不远的地方,有人正看着她。怀着一种多么复杂的心情呵。)

在警察的回忆里,出事以前,他最后一次见到那个女人,是在一个闷热的午后。那是一个夏天就要结束的日子,在那一天里,好像确实发生了一些事情(只有那些事情是清晰的。像金属,确切的形状与质感,但它内在的那些东西,当它被冷漠地放置一边时,又有谁会知道,它究竟是冰凉如铁,还是滚烫灼人？）。但如果事后回忆，警察却发现自己已经无法清楚地分辨它们的先后次序。哪桩是发生在前面的，而哪桩又是由因而到达的果？在回忆里，它们被纠缠在了一起，成为一个个独立的却又相互掩映的部分。

首先是一个梦。

一个阴云的早晨。警察骑着自行车去上班。派出所里非常嘈杂，每个人都在大声地讲话。门开开来，又关上，然后又开开来。进进出出的人流。警察非常疲惫地向大家打着招呼，然后在自己的座位上坐下来。

过了一会儿，一个很胖的中年人走过来，坐在警察的对面。他的脸上露出一种惊恐的神色（或许是惊恐，也或许是疲劳）。他在讲一件事情，讲着讲着，忽然愤怒起来了，声音拔得很高。但四周的警察对面都坐着许多声音拔得很高的人，因此并没有人去注意他。

又过了会儿，一个年轻丰满的女人牵了一条狗走进来。她管它叫皮皮。"皮皮，皮皮。"她一边叫着，一边向警察走来。女人坐下来，然后把皮皮抱在腿上。"是条好狗。"年轻丰满的女人说。她把皮皮的两只前爪抓在手里，用一种轻柔的充满蛊惑的语言向警察请求着一件事情。

一个人影在窗口那里晃动了一下。
是个女人（瘦弱的肩膀线条，低垂的脸）。
警察抬起头。

就在这时，有种声音响了起来（但派出所里的其他人并没有听到。门还是开开来，又关上。年轻丰满的女人身体前倾，小狗皮皮睁圆了眼睛，它动了动自己的前爪，因为正被抓着，所以就又不动了）。一切都照常进行着，但确实有一种声音响了起来，乍一听来，很像附近码头边的汽笛声，撕心裂肺，突如其来（有什么突然的变故了呀），但它又是慢慢地起来的，是早就埋伏在什么地方了的，那声音里面充满了一丁点的喜悦（只有一丁点，更多的是恐惧），有人在街上跑起来了，飞快地跑起来了……

警察推开了手里正记录着的笔和纸，站起来，向门口走去。

警察的动作起始还是缓慢的，有一点疑虑，紧接着速度便加快了，而伴随着逐渐加快的动作，声音（其他的那些声音，派出所里的嘈杂声，女人的说话声，小狗皮皮控制不住的低吠声，街上的人来车往）忽然消失了。警察在一片静寂之中（唯有那神秘的、与码头边的汽笛声有着相似的声音）向大街跑去，他跑得如此之快，脚底生风，身轻如燕。大街是如此静寂，如此静寂呵。警察在静寂的大街上飞跑起来，他忽然感到一阵激动（他是在飞呵），激动得快要哭了。

女人穿着一条白色的裙子。她走得不快，就在警察前面不远的地方，但警察却追不上她。

在静寂的大街上，警察飞跑着（树木、公园、街边的音响店都在飞快地向后退去），他能清楚地看到前面的那个女人。她在每一个街角出现、掠过、隐灭。但他总能看到她。在每一次她出现的时候，那种神秘声音就会忽然响起（有什么突然的变故了呀）。警察忽然感到的激动和激动得快要哭了的感觉呵。

　　终于，在女人又一次出现在街角的时候，警察大声地叫了起来。警察冲着女人的背影，大声地撕心裂肺地喊叫了起来。但是，在梦里，警察发现自己发不出声音来，只有嘴形的急剧变化、组合，但声音却是没有的。在梦里，他说不出话来。虽然，他始终勇敢而大声地对着女人说着同样的一句话，但是，大街一片沉寂。偶尔也有路人走过，有时他们也张着嘴，像说话的样子，但声音是没有的，就如同一群擦肩而过的悲伤的哑巴。

　　就在做这个梦的之后或者之前（早上，警察睡觉起来去派出所上班；晚上，警察下班回来到床上睡觉），警察打了一个电话给那个女人。

　　这次倒是真的下雨了，所以女人是撑着伞过来的。

　　虽然这个夏天已经临近尾声，但天气却仍然闷热着，即便正下着雨也没有丝毫的改观，这倒是件让人感到有些头疼的事情。在这种时候，散落在公园里的人多少都有种怏怏的神色。瞧这天气，又是下雨又是闷热，这可让人如何是好呢。

　　女人从大门进来（两旁的树木慢慢地向她身后退去），她径直地绕过椭圆形喷泉池，来到警察身边。

　　就在他们站着的这个地方，可以听到从外面大街上传来的声音，在大街的对面，有一家音响商店，那里从早到晚都放着各式各样的曲子，音乐声充斥大街。（商店也有着透明的落地玻璃窗，透过它，能看见里面慵懒地打着瞌睡的售货员。生意不是太好。喂！告诉我，你爱音乐吗？）

女人对警察点点头。她手里的伞遮掉了些旁人的视线，但还是看得出来，她比以前更憔悴了，还多了些其他的特别的神情（眼睛格外明亮，双颊红扑扑的，像是发着高烧的病人，倒是带些微笑，但不时地有点发呆，微笑与发呆交杂在一起，而那种浑身哆嗦、害怕什么的样子已经完全看不到了）。

"他们老是放音乐，在中午的时候放。"女人对警察说。女人说话的时候笑了笑，笑得很甜。是个漂亮女人。

警察也笑了笑。隔了一小会儿，警察问女人道，最近是不是感觉好一些了，不会老是再想着那件事情了吧？（血淋淋的尸体。哆嗦的手里没有烟的女人。）

女人摇摇头，在喷泉池旁边的台阶上坐下来。

音乐忽然响了起来。肯定有谁猛地放大了音量。音乐声肆无忌惮地喷薄而出，就像给素色的画布涂抹上一层浓烈的色彩。

女人不为人注意地哆嗦了一下（一定是音乐声刺激了她），紧接着，女人说道："有一次，我一个人到公园里来，走到那个树丛的外面，不，刚刚才走到喷泉这儿，到处都是人，公园里到处是人，是个节日，大家都那么开心着——可是，可是我总觉得要发生什么事情了，有什么事情……"女人不经意地挪得离警察更近了些，她自己倒是没有感觉到，她说话的声音与内容在欢快的音乐衬托下，有着一种奇特的效果。

"会有什么事情呢？不会再有什么事情了，"警察说，"一个孩子从树上掉下来总是非常非常难得的事情，看到这种悲惨的事情自然会受到些刺激，但时间长了，总是会过去的，就像我们，看得多了，心肠也就硬起来了。"警察一边说话，一边注意地看着女人的脸色。（一个警察呵）

女人没有说话，她的眼睛仿佛正望着远处的什么地方。就在公园的外面，音乐声被调节了一下，音量变得正常了。

"你对我说过，"警察说道，"你对我说，那天十二点钟你走进公园的时候，外面大街上也有这样的音乐。"

女人的眼睛还是看着远处。她好像累了，不愿意多说话。

"在这条大街上经常能听到音乐声，"警察看了看女人，又继续说道，"虽然我并不都知道它们是什么，但有时候，听到一些熟悉的旋律，就总也会想到些什么。我知道，有时候，有时候有些事情确实是很难忘记的，很难忘记，但不管怎样，总得要学着忘掉些什么。如果说，那实在是非忘掉不可的话。"

女人微微地皱了皱眉，一种被震动、被触及的神态在瞬间里闪过她的整个脸颊（一些顽强地压抑下去的东西在细小的通道里喷涌而出，那种可怜的要把指甲都嵌进别人身体里去的神态又回来了）。

忽然，警察觉得自己的手正在伸出去，伸出去，朝着女人所在的方向。然后，它触摸到了它，并且紧紧抓住了它，捏在自己的手里（幻觉）。

就在警察沉于冥想的时候，女人忽然声音很轻地说了一句话，警察后来回忆说，他当时可能是听错了，当时女人说的可能并不是他记忆中的那句话，但同时，女人恍然的失魂落魄的样子又使他相信，女人或许就是这样说的，虽然声音很轻，但语气却是坚决的。正是这样，女人当时正是这样说的，女人说："没什么的，去死好了。"

　　那天与女人告别后，警察一个人去了街边的那个小咖啡馆。

　　警察喝着酒。"她爱那个男人，"警察一边喝酒，一边想，"她爱那个男人，这是没有办法的事情，如果她爱他，真的爱他，那就是没有办法的事情。这不是警察能够去管的事情。"

　　就在警察眯着眼睛在咖啡馆里喝酒的时候，外面的大街上，一个年轻丰满、手里牵了一条狗的女人走了过去，她的另一只手挽着一个男人。

　　不知道警察有没有看到这一幕。透过玻璃窗，倒是可以瞧见警察手里拿着啤酒杯，闷闷地喝了好几瓶啤酒。

　　一个月以后。

　　人来人往的派出所办公室。警察坐在自己的座位上。窗户都开着，可以听到许多来自大街上的声音；而从窗口探头张望，能够看到大街周围许许多多起重机在半空中高高升起，都以同样的方式摆动着，不时在空中交错移动。

警察抽着烟。

派出所门口拥着的人正在渐渐散去。就在刚才，那一大群人还挤在进口的两侧，谁都无法料想，怎么一下子就可以聚集起这样多的人来，虽然就这样看起来，这个城市确实应该算是闲散的，但料想不到的事情却也经常发生。

好多人都在问发生了什么事情。

"有一个人给杀死了。是个男人。"有人回答说。

在城市里，消息总是从各种各样的渠道传出来，就像那些站在人群前面的人，现在，他们正别转身（脸上带着各种各样的神情），他们正在告诉身后的人们，这里究竟发生了什么。就在刚才，那个杀人的女人被带了出去，好多人都看到了这一幕。有人说，她的口供非常清楚，非常配合，带着一种自己也完全不想活了的勇敢；也有人摇头，陷入神志不清的状态之中（被吓坏了，发呆，忽然地心头一紧）。但不管怎样，在这个城市里，可是很少发生这样的丑事的呀。

一辆车从街上呼啸着驶过。

人群里有很多脑袋顺着声音的方向转了过去。高分贝的声音总是能让人感到些紧张（注意过在强音下的人脸吗？狂喜与忧伤的杂交体），当然，有时候是紧张，也有时候是兴奋，这总还要因事而定，就像街上的有些画面：几个人手里举着牌子，坐在人行道上；一个落寞单薄的女人；一只猫找不到回家的路，在大街上摇着脏兮兮的尾巴，它的叫声啊……有些奇怪的事情常常能招揽到一些路人，围着看，交通也影响了，发呆的脸，要知道，忧伤的事情总是无处不在，只不过需要一个强有力的出口。有那么多人在大街上走，有的停下来，加入人群中去，好多人都在问：

"究竟发生了什么事情？"

但不管怎样，杀人总是件让人感到厌恶的事情，血污、暴力，一些恐惧的想象，天晓得还会有些什么样的让人感到恶心的细节，因此说，即便大街上站满了默默地看热闹的人，过路的车辆拼命地按喇叭，人们总还是使劲地想把刚才这件事情忘记掉（多么矛盾的心情呵）。他们在大街上四处散开，有几个则走进了附近的咖啡馆，大家三三两两在各自的位子上坐下来，叹了口气（终于解脱出来了呀），还要了酒（比平时要的多一些），略微沉默一会儿，店堂里便立刻充满了嗡嗡嘤嘤的声音，大家开始讲些其他的事情（有些笑声了，声音高起来）。又过了一会儿，其中一两个眼尖的，忽然看到靠窗的那个座位上有个人趴在那里。

"他喝醉了。"有人告诉他们说，那是个附近派出所里的警察，他最近常来这里喝酒，但今天实在是喝多了。

大家朝那个趴着的人看了一眼，笑一笑，又开始继续谈论起他们自己的事情了。

一个沙漠中的意大利人

后来程程细想起来，有些事情的发生，竟然是没有任何预兆的，一切都是那样突如其来，不容考虑。即便事后再度回想，仿佛还是不存在任何因由。比如说，那个叫作亨利的人。

是个秋天，程程与大李去敦煌度蜜月。两人都是头一次来沙漠，又遇上了接连两天的沙暴。一直等到第三天下午，风沙止了，大李背起相机，要替程程拍些艺术照。他们在鸣沙山下发现了一堵用石块垒起的墙。都是些被磨平了棱角、类似于椭圆或者准圆的石块，石块与石块之间又嵌进了好多沙子。程程伸出手，摸着那些石头，回头对大李说，这就是风沙作用的缘故吧。这时，恰巧又有一阵风刮过去，大李转过身避了避，也就没有去回答程程的问话。而程程却又忽然想起了前一阵子去过的一个海，在海边上有很多卵石，也是圆圆的，都是给浪一再冲上沙滩，在这之前又是被海水冲蚀了又冲蚀。程程就想，在这一点上，水与风倒是有着非常接近的功用。

程程记得，那堵墙的质感非常之好，那种石质的圆润与坑洼的美妙映衬，几乎就类同于神斧，而石色黯淡中又有种金属般的沉积感，肉眼望去有着油画的效果。这堵墙出现在鸣沙山下，显得有点奇怪，不是太合理的样子，但它就是那样突兀地存在着，让人多看上几眼，便也就彻底地认同了。于是两人就改变了上鸣沙山月牙泉拍照的计划，决定在石墙前先拍上几张。

没想到这一拍就是整整两卷胶卷。程程先是莫名地显得神色忧郁，怎么也笑不起来，衬着石墙，就如同一位忧伤女神。大李说，程程你笑笑呵，我不喜欢你苦着脸。程程就咧开嘴笑，但仍然好像还是有不对的地方。大李又想了想，说那可能就是石墙吸光的缘故了，因为如果是白墙的话，它便会反射光，而深色墙壁便就是吸收光了，它衬得人脸色发暗，一副伤感的模样。这样想通了，两人就决定合作拍一组表现忧伤的艺术照。想想看，背后是一堵沧桑的石墙，再后面是白茫茫一片大戈壁，在正午的烈日下，人们会产生牛羊遍野的幻觉，还有草，风吹起来的时候，漫天飞起的沙粒就常常使人想起绝望的风中之草。

到了确实应该上鸣沙山拍月牙泉的时候，两人这才发现，随身带出来的胶卷已经不够了。若是回旅社拿，就必定会耽搁时间，而此刻夕阳正笼罩在鸣沙山的五色沙子上，它们闪闪烁烁，瑰丽异常，正是一天中鸣沙山最为美丽的时刻。两人都有些犹豫与不舍，默默对视了一眼，而就在他们站立的地方，能够非常清晰地听到鸣沙山上由于流沙相互撞击、摩擦而发出的细小的声音。有人正从鸣沙山往下走，又有人正在向上攀行。大家都知道，这是一天中鸣沙山最为美丽的时刻，在这样的时刻里，极目四野，人影憧憧，有着一种细密到极致的沙的响动，就像一只，就像许多只沙漠中的鸟，响动着，鸣叫着，为着很多年以前的一桩心事。虽然这声音很快又被茫茫戈壁掩去并吞没，却仍然还是引起了程程的一些联想，仿佛它正是为着要去附和什么的。在程程的脑海里，下意识地闪过这样一个念头。

亨利就是在那时候忽然出现在他们的视野里的。因为配着鸣沙的奏响，后来程程回想起来，他几乎就像一个瘦长的音符在沙漠里跳动。他走动的姿势非常奇特，轻盈而跳跃，手臂与腿又都很长，每走一步都有着一种夸张的戏剧化的意味，就如同绳索牵着的皮影，而那种骨节与骨节之间并非很灵动的跨越，又有些类似于木偶的感觉。

你们好。亨利讲着一口非常古怪的转了腔调的中文，这让程程和大李不由得都吓了一跳。虽然在这沙漠地带，前来游览的外国人绝不在少数，到处都能见到苍白的皮肤，肉红色的皮肤，淡黄色的头发，棕麻色的头发，还有那些淡得透明，几乎形同于鬼魅的瞳孔。这些一点也不奇怪。他们成群结队地出现在任何一个场合，说话，照相，惊叫，甚至于同样的顶礼膜拜，他们是这中国佛教圣殿里成群结队的奇怪与异色。但亨利不一样。然而亨利究竟又奇怪在哪里，程程与大李一下子也讲不清楚了。在直感上他们甚至还觉得，亨利好像还比他的那些同胞们更能与这戈壁、洞窟、壁画，以及塑像相协调与融合些，但也恰恰正因为此，他才显得更加奇怪了，就像他不说外文，却讲着一口古怪的中国话一样。

你们叫我亨利好了。亨利说。他戴了一顶黄颜色的遮蔽风沙的帽子，帽檐压得很下，所以看不清他的眼睛。

程程和大李愣了一下，连忙也说，你好，亨利。

接着亨利就告诉他们说，他来自地中海。

你们去过地中海吗？亨利忽然又猛烈地歪了下头，动作夸张地问道。

没有。大李说。

我们没有去过那个地方，但我们知道那个海，是非常美丽的海。程程又说道。

亨利点点头，像是对他们的回答表示了满意。亨利又说他这次是沿着丝绸古道过来的，亨利说他一路上看得最多的是四样东西：沙，草，还有牛羊，但是很少有人，总是谷野荒凉，村烟稀少。亨利忽然又冒出来这样两句习语，他讲得有些生涩，字与字的停顿也不太准确，有点像是事先背出来的。

到了敦煌以后才开始看到好多人了。亨利又说，就像一场梦猛地醒了。

程程后来常常会想起亨利说的那句话。亨利说，他沿着荒凉的丝绸古道进入沙漠绿洲，他此行的目的地是敦煌。亨利说进入敦煌以后，他突然看到了好多人，大都是画在洞窟的壁上，或许是千佛的塑像，还有就是源源不断的旅游者，接着他就说了这样一句奇怪的话，他说到了敦煌以后，他觉得就像一场梦猛地醒了。程程一直弄不明白这句话究竟是什么意思，因为这明显地不符合常理，只要到过敦煌的人都知道，那种美丽的佛光、佛之说法最严肃的时候，飞天们用所有的姿势随意飞翔在空中，因为心内欢喜而尽情舞动，洞窟中佛手形态所象征的佛陀的开悟力量，以及苍茫戈壁中洋溢着的庄严神秘的宗教气氛，都是无不令人感到深深震慑并且如坠梦境的。程程刚来敦煌那天，就看见有好几个人在九层楼前双膝着地，失声痛哭，程程想，这除了灵魂被宗教艺术的鬼斧神工所慑取，被那种巨大与荒凉的执着所震撼以外，一定还有着某种类似于"梦游"的幻觉。一定是有梦的。程程想。所以程程一直无法理解，为什么亨利说，到了敦煌以后就像一场梦醒了呢？有时候程程就对自己解释道，可能亨利讲的是另外一层的意思。

与亨利聊了一会儿后，天光渐渐暗了。那样的光线下就不再有拍照的可能了。也不知怎的，大李与程程忽然都有些释然，仿佛希望完全破灭之后，被希望所纠结的痛苦也就随之散去。两人谈兴渐浓，倒愈发觉得眼前冒出来的这个外国人亨利有些特别的可爱之处。大李表示遗憾地说，自己是与身边的这位姑娘一起来这里度蜜月的，可惜今天相机里的胶卷用完了，要不倒是很想与亨利一起留个影作纪念，即便天色已暗，人影模糊，也算是一种缘分吧。才说到这里，亨利非常利索地从随身的大背包里拿出一样东西来，递给大李，说道，拿去吧，这是两卷反转片，在路上我已经用反转片拍了很多中国的牛羊了，你们拿去吧，拍敦煌吧。

大李连忙又对他解释说，并不是胶卷没有了，而只是今天没有带足，在住的旅社里还有备用的，所以就不麻烦亨利先生了。谁知亨利猛摇其头，非常坚持着要大李与程程收下。

就算是我送给你们的礼物。亨利这样说道，并且他为了让大李他们不再推托，就向后转身一路小跑起来。亨利长手长脚，跑得很快，眨眼之间就消失在辽远的沙漠里了，而他的黄色帽子在风中一闪一晃，像极了夜焰的余烬。

大李和程程都有些后悔就这样让亨利跑掉了。既然拿了人家的东西，理该友好地请他吃顿便饭。虽然人在沙漠，粗茶淡饭，但也总是一份心意，至少也应邀他同游一天敦煌，向这个来自地中海的外国人显示一下千年古国的美好礼仪。地中海。这个来自地中海的亨利为什么就这样跑掉了呢？他跑得没有什么充足的理由，就像他突然出现在素不相识的大李与程程面前，讲着一口发音古怪的中国话，同样也没有什么充分的理由一样。

　　这样想着，大李和程程就觉得手里的那两卷胶卷显得有些宝贵与奇特了起来。在接下来的几天里，他们精心构图，每一张都力图拍出最佳的图景。他们上了三危山，又去千佛灵岩，甚至还雇了一辆当地人破旧的驴车寻访了两关遗迹。为了拍出那种荒绝的意趣，他们还去了许多人迹罕至的地方。漠漠荒原，漫天风沙。你几乎无法想象那里的朝暮所能带给人的那种惊悸。他们站在非常遥远的沙漠里，遥望着那面三危山与鸣沙山之间的峭壁，峭壁向南北延绵得很长，上下几层，栉比相连，就像累累欲坠的蜂房。在漫天的风沙里，它显得如此遥远而怪异，甚至还有些不可思议的感觉。确切地说，它更像天与地之间被强力所扔弃的一个怪物，它是如此突兀地出现在那里，非常无理，无理得让人想落泪。就在三危山上，程程躺在沙与沙之间，长发飘起，让大李给她拍照的时候，她忽然小声地叫了起来。她说，等一等，我想哭，突然地很想哭，真的，非常非常想哭。

　　在几天极为投入的拍摄过程中，大李和程程突然异乎寻常

一个沙漠中的意大利人

地寡言少语了起来。他们每天很早就起来，晚上很早便入睡。即便已经入睡了，也仍然还能听到窗外的风声和细小的沙粒敲击窗棂的沙沙声。有一次程程半夜醒来，迷糊中想起以前听人说过，有些人到了敦煌后便不想回去了。程程就想，这些人也一定在漫天的风沙里莫名其妙地产生出想哭的感觉。不想哭的人是不会眷恋敦煌的。这样想着，她便又回想起那天在三危山上，那种突然之间悲从中来的感受。那样的一种悲从中来，就像漫天的飞沙一样席卷而过。但别人或许是看不到的。即便是大李。程程就想，选择敦煌作为蜜月旅行的地点可能本身就是个错误。想想看，到了敦煌后，有的人想哭，有的人不想哭。沙漠吞噬与淹没了所有的语言，这就让人间的情话显得浅薄、苍白了许多，而在甜言蜜语渐渐流逝隐匿的时候，他们突然发现，自己原来是无话可说的。

但无论如何，相片还是留下来了。那个奇怪的像瘦长音符在沙漠里跳动着的外国人亨利。他就那样用一种奇特的走路姿势，轻盈而跳跃着来到他们的面前。他非常唐突地给了他们两卷反转片，他说，他在路上已经用反转片拍了许多中国的牛羊了，这剩下的两卷他便送给他们。你们拿去吧。拍敦煌吧。亨利说。

外国人亨利。如果没有亨利，如果没有亨利那两卷得之唐突的反转片，他们一定不会那样投入地走到漫天风沙里去。但是，更奇怪的是，在接下来程程与大李停留敦煌的日子里，他们再也没有见过这个长手长脚、来自地中海的亨利。来敦煌旅游的游客总是一批一批比较规整的，又有着大致类似的旅游路线，今天在莫高窟《五台山图》前迎面遇上的游客，明天就很可能于三危山上再度重逢。但是他们却再也没有见过亨利，亨利就这样突然地并且可能是永远地从他们眼前消失了，消失得无踪无影，了无痕迹。只是有一天黄昏，两人又坐在位于莫高窟东方的三危山上。夕阳西斜，宛如完全熟透的橘子。呈现金黄色。三危山背后是渐渐变暗的天空，前方是暗淡的呈茶色的沙漠。两人默然而坐，突然，程程大叫起来，亨利！亨利！

大李给她吓了一跳，连忙四下张望，接着便说，没有啊，哪里来的亨利？

程程便说，是看到了的，刚才明明就看到亨利从山脚那里走上来，头上还戴着那顶黄色的帽子。怎么会看错呢？程程说，是长手长脚、戴着黄色帽子的亨利。

但说是这样说，程程站起身又仔细看了一下，山脚下确实又上来了一群人，是一群来自中亚的游客。吵吵嚷嚷，一路走来。里面并没有任何一个有些类似于亨利的。怪了。程程嘀咕了一句，又坐了下来。我刚才明明是看到亨利了，就在那儿。程程用手指了指前方的某个地方。亨利还朝我们笑了笑，真的。

大李没有说话。大李觉得这两天程程有些奇怪。大李觉得这可能都是因为那个外国人亨利的缘故，这让他有些不太开心。两人又默然了。现在是秋天，秋天的三危山非常美丽，但是他们没有看到三危山的金光。据说那种金光看起来恍若神境。因为敦煌是沙漠天气，降水极少，如果是在盛夏的八月，又恰逢雨后的黄昏，三危山上的夕阳便会显出极为清晰的金黄。在带状的金黄色背景下，山脉看去宛若千佛并坐，而那山顶，简直就像文殊菩萨在静坐。程程看过《法华经》，程程记得在《法华经》里有这样一段话：不是一佛二佛，也不是一百佛二百佛，而是有千佛来迎接，来拉着他的手。但程程没有对大李说这些，她仍然沉默了一下。她甚至还笑了笑，在夕阳下程程非常灿烂地对大李笑了笑。

在瞬间里，大李觉得程程的笑脸有些像一尊佛像，就是今天早上他们在洞窟里看到的一尊。

真是见了鬼了。大李想。

两人是在十天以后离开敦煌的。秋天很快深了，敦煌的季节也尽要过去。旅社有车子送游客去机场。两人都有些倦意，靠在座位的扶椅上，眼梢里看到沙漠正在往后退去，但前面还是沙漠，远远未到尽头。

程程好像又听到沙的声音了，铺天盖地，像围绕四周的鸟鸣。在敦煌，沙就是宿命。程程想。她把手伸过去，抓住了大李的那双。在沙漠的这些日子，他们的手都已经有些粗糙了，手上好像也蒙了一层沙。无数的沙曾经被抓在手上，又从指缝里漏下去，还没被揉成形状便散了。这便是留在程程心里的敦煌的印象。

程程有些瞌睡。程程好像看见那个长手长脚的外国人亨利又走过来了。后来程程和大李曾经又猜测过亨利的职业。都觉得难猜，不好确定。大李说像个木偶艺人。程程觉得有道理。大李又说像演员，跑龙套的。程程仍然觉得像，因为实在不好说他到底是干什么的。就像那天外国人亨利对他们说，他来自地中海，他是个意大利人。但实际上，你说他是意大利人也好，说他来自美丽的芬兰小国也显不出什么错误。奇怪的是他的诡秘的微笑，程程忽然想起亨利的微笑来了。他笑着对程程和大李说，他在古道上看到了很多牛羊，它们漫天遍野，就像沙中之草。亨利说他拍了那些牛羊以后就再也不想拍其他的东西了。说到这里，亨利拿出两卷胶卷，你们去拍敦煌吧。亨利说。

后来程程回想起来，亨利说这句话时的微笑是如此诡秘。而他的头发，程程忽然想起，亨利转身奔跑的时候，一阵风把他的帽子吹了下来，他的头发就像呼啸的风一样，风把亨利带走了，而留下来的是想哭与不想哭的程程和大李。他们站在沙堆的上面，很长时间都没能搞清，刚才究竟是发生了什么样的事情。

刀　客

刀客是从盘门城墙根那里忽然走出来的。

其实谁都没有注意到刀客的出现，谁都没有看到这一幕：几个裹蓝布头巾的人正在晒太阳；许多棉被、枕垫也被人拿出来晒太阳，绳子一头系在城墙根的树枝上，另一头则把晾衣服的竹竿插进地里；一只鸟飞过来，停在竹竿尖上，收了翅膀；因为有太阳，并且暖和，所以有些窗子开开来了，窗里的声音传出来——有谁在吵架，吃饭的碗摔在地上，碎了，涣散开来，叮当地响。

虽然说，确实并没有人注意到刀客的出现，他的大脚怎样穿在厚底布鞋里，走在砖石路上，那些嵌在砖石缝里的苔痕，因为雨、霜、甚至于雾而显得青涩发黑，就连青涩发黑的苔痕也被他踩在脚下。细密发腻的汁水。但刀客从盘门城墙根那里一走出来，形影刚现，立刻便有什么东西发生了变化。刀客的手上没有刀，至少对于肉眼来说，无法看到那种发亮的刀刃，雪白，强硬，闪现光泽。但确实有什么异样的事物，像闪电般飞快地划过去。这一点大家都感觉到了（心里一惊）。有人抬起了头。接着又有人抬起了头。就是这样，大家忽然感觉到：刀客来了。就在刚才，是刀客，是刀客来了。

其实也有人心里起着怀疑。其实也有人在心里暗自说着：他不像刀客。这不像刀客的最直观原因至少有两点，其一，是看不见他手里的刀；其二，则是在刀客的身边跟着一个瘦小的女孩子。小女孩，十二三岁的样子，长得怯生生的，眼睛却很大，眨着。她走在刀客后面一两步远的地方，有时又走得快些，用手抓住刀客的衣角。眼睛却总是睁得很大，眨着。大家看着他们从城墙那里走出来，大家看着他们，心里想：这样的两个人，与其讲是刀客，还不如说是艺人。

没有人知道，一个脸上有着刀疤的刀客，身边怎么会跟了个怯弱的小女孩。没有人说得清这个。但紧接着，大家又仔细地、相当认真地看了看刀客，看过之后，那种异样的闪电般划过去的东西又回来了。大家又开始说了：这是个刀客。要知道，刀客经常流动在村庄和城镇，他们走南闯北，有些刀客的脸上蒙着黑布，只剩两只眼睛露在外面。刀客都是些在现世里有着苦难与伤害记忆的人。因为记忆通常无法消除，伤害和刀疤便写在了脸上。他们带了这样的刀疤游荡着，目的是为了寻找他们的仇人。刀客的寻游常常以复仇为终。于是大家紧接着又开始猜想：这城里是否会有着刀客的仇人呢？要知道，这可是件让人担惊受怕的事情呵。

然而矛盾的事情又发生了。因为看上去，那个瘦小怯弱、经常眨着眼睛的小女孩非常依恋刀客。小女孩穿着粉红色的碎花棉袄。辫子上扎着粉红色的发带。她的衣服映衬着刀客灰暗的色调，就像是被削弱下去的有力一刀。但是她看上去非常依恋刀客，这是真的，谁都看得出这个。她经常抬起眼睛看他。睫毛长长的，有种无辜的弧形。她看来还非常听他的话。她走着走着就蹦跳起来了。她的手拉着刀客的衣角，因此说，她蹦跳起来的时候，刀客的步伐便显得有些滑稽，滑稽而踉跄。但不管怎么说，他们过的日子看来是简洁明快的，像一切的流浪汉一样，他们只带了最为简单的行李。他们的眼神也是简洁明了的。带着这种简洁明了眼神的人，从城门外面一脚踏进这个湿乎乎的城市，立刻就有很多人抬起了头。

刀客来了。最后，大家终于都这样说道。

大家是在城里的小酒店又见到刀客的。这个城里的人习惯于去小酒店吃饭（那种临河的酒店），特别是到了晚上的时候。有许多人其实就是在那里熟起来的。因为大家都习惯说：一回生，二回熟，到了第三回的时候，话就变得很多，脸涨得通红，脖子变粗，青筋直暴出来。那种样子常让人想起"直捣肺腑"这四个字，再加上河边店檐下的红灯笼早早地挂了起来，有女人的声音，唱着"隐隐城楼起暮笳，俏尼姑独坐叹嗟呀"。河里有船，鱼一样地过去。酒喝得多了，头便朝着临河的窗口探出去，大家都说：这可是盛世呵。在这样的小酒店里，大家见面的机会越多，就越是要感慨：微醺，知己，美人，鱼一样的游船，还有红颜的哀伤。这可是盛世呵。大家都说。

可是这一天，刀客来了。大家走进酒店的时候，突然发现刀客已经在那里了，还有那个穿粉红色碎花棉袄的小女孩。他们好像来得很早，他们来的时候，酒店里一定还是空着的。大门开了一半。因为是自然光，木纹便呈现出原来的质地。他们顺着木质的楼梯走上来，找了个临窗的位子坐下，小女孩还伸出手去，摸了摸窗前垂下的红灯笼（一双细嫩的有些发白的手放在红灯笼上面），小女孩眨着大眼睛对刀客说：灯笼上都是灰，灯笼上怎么会有这么多灰呀？

刀客抬了抬眼，刀客的眼睛刚抬到一半就又沉了下去，刀客说：等到晚上，灯笼点起来就看不到灰了。灯笼一点起来，就什么灰都看不见了。

小女孩好像有些将信将疑，好在暮色已至，这让她多少有些定心了下来，她又抬头看了看灯笼，便不再说话了。

陆续有人来。大家都看到了刀客（眼睛有些生疼，如同分辨光，或者硬物），不管是从酒店的哪一个方位走进来的人，大家都看到了。这一点是不用怀疑的。另外还有一点也不容怀疑，那就是大家全都做到了镇定自若，若无其事。大家像平常一样来到了自己的座位上，坐下来，并且点上菜。他们想了想，菜其实也和平常差不多：

河里捞上来的虾，去净了壳，放在鸡蛋清里滤过；花生米炸得很脆，用细竹筷夹起一个来，放在嘴边，轻轻吹口气，外面的果衣就像女人衣服一样脱落下来，露出里面白白的肉色；萝卜丝是用香油浸过、麻油拌过的；酒也刚刚温好；还有新鲜的湖里面的鱼，都齐崭崭地摆上来。

这样的酒和菜，细细地朝着肚子里咽下去，吃着吃着心里就安定了下来，开始寻思，好像还有人琢磨着要上去和那个刀客说上几句（究竟有没有人上去，没有人记得了），其实大家都很想问他一些问题，这其中包括：从哪里来，要到哪里去，在这个城市里有仇人吗，是不是会拔刀相见。诸如此类。大家相信，如果刀客清楚、干净地回答了这样的问题，那么他就会变得普通起来，再也不那样神秘而可怕了，他就变得与他们中所有的人一样，他甚至也可以加入他们的行列里来，或者从此定居在这个城市里。

也有人猜测他们确实是以卖艺为生的。因为吃了不久，小女孩就站起来为大家唱歌了。大家发现，小女孩的声音非常好听，细细的，具有光泽，这样的声音他们以前是从来都没有听到过的，所以暗暗地都有些吃惊。大家努力地分辨着这声音，希望尽可能地对它加以形容，结果发现这相当困难。有个人嘀咕了句，说她有点像童话里面讲的那种小人鱼，小人鱼通常是会唱好听的歌的。大家眼前一亮，觉得好像有点道理，因为城市多水，所以有着许多关于水妖的传说，大家都说小人鱼其实就是水妖的一种，她们知道自己长着爪子，子宫是不育的，所以引吭悲歌。但这样的传说附加在一个扎小辫的小女孩身上毕竟是牵强的，所以大家又哄地笑了起来，把眼光转到刀客的身上。从始至终，刀客其实一直都沉默着，脸半侧着看着窗外，其实谁都没有听到刀客讲过一言半语，尽管如此，大家都还是对他心怀畏惧：刀客是个很有本事的人。大家心想。

城里开始充满了窃窃私语声。有很多人都在说：刀客是来复仇的。他一定是来复仇的。刀客来复仇了。每一个从刀客住的小客店下面走过的人，都说自己听到了磨刀声。

"那是磨刀声。"他们竖起了耳朵，"是刀客在磨刀，他站在窗台下面。现在走过去了，走过去又走回来，他在磨刀，不停地磨刀。"

　　街上开始走过一些神色慌乱的人，脚步有些踉跄，虽然人影交错，却总给人一种街头人稀的感觉，有些荒凉。到处能听到噼噼啪啪的关窗、关门声。一个寻仇的人出现了，在这个城市里，一个寻仇人的出现是件让人有些心寒的事情（心头一紧。想用一张白纸把腻湿的现实隔开）。所以说，城里的小酒店一到晚上，常常更是坐满了人。到处都是人，都在喝酒，把酒往嘴里灌，往脖子里灌，然后便说起话来：冬天呵，喝酒呵。这话讲得没有逻辑，但充满了动感与忧伤。说着说着，有人还哭起来了，哭得用白色的手绢或者衣角遮住了眼睛。"悲伤呵，"他们说，"悲伤呵，怎么会这样悲伤呵（有一种感觉却总是清晰的：一张蒙着黑布的脸，只剩两只眼睛露在外面）。"

　　谈话是谨慎的。因为寻仇者的出现，城里人的谈话出人意料地变得谨慎曲折起来（心事是沉重的）。但有时候，光明也会突然而来——那个十二三岁的小女孩，她小小的手抓住刀客的衣角。谁都不能否认，那个小女孩是个亮点。有人还猜测说，一定是刀客领养了小女孩。没有人说得清理由，但结论是确定的，是看得见的：在小女孩很小的时候，刀客便领养了她，她少不更事，只有少不更事、不知道人间疾苦的人，才会那样信任一个走南闯北、脸上蒙着黑布的刀客。她用那样的眼神看着他，看着一个刀客（刀光藏在身后），大家都觉得有些不可思议，真是天晓得的事情呵，大家分析说，小女孩一定没有看到过刀客杀人。嚓地一下。她一定没有见过这个。她跟着他走了很多地方，辫子上扎着粉红色的发带。她不知道自己跟着的，其实正是一个杀人如光影的刀客。

想到这里，又有好多人竖起了耳朵。

你们听到了吗？忽然，其中有个人尖叫了起来。你们听到了吗？他尖叫着：磨刀声！是刀客在磨刀！他在磨刀了，刀客在磨刀了！

虽然说城里经常会充满了一种类似于雨滴的声音，但天气其实是晴朗的，这几天的天气其实真是非常晴朗。一个穿粉红色碎花棉袄的小女孩从他们住的小客店里探头向外张望，她看了一会儿，甚至都叫起来了，小女孩说：天真蓝呵。小女孩叫起来的声音也像唱歌一样，细细的，具有光泽的。这声音穿透屋子，来到刀客所在的那一边。（就连刀客也抬了一下头）

小女孩眯缝着眼睛（朝着阳光的人，通常是眯缝着眼睛的）。小女孩一边眯缝着眼睛，一边问：这到底是什么地方呵。刀客没有马上回答，所以过了一会儿，小女孩又问了一遍，小女孩问：这到底是什么地方呵。

是江南。刀客说。

小女孩点点头，但紧接着，小女孩又问了：什么叫江南呢。小女孩说。小女孩说着的时候，听到刀客沙沙的脚步声，刀客从屋子的那头走过来了。

我们从北方来，刀客说，从北方来的人往南走，一直往南走，就到了江南了。这里的冬天总是下雨，不像在北方，北方到处都是雪，那些雪即使用脚使劲地踩上去，也是不会化的。

可我还是不知道这里为什么叫江南。

小女孩歪了歪头，用一只手去摸爬满了热气的窗玻璃，这里并没有下雨呵，我们来了以后，这里一滴雨都没有下过。一直出太阳，我早上醒过来太阳就照到脸上了。小女孩说。

阳光总是有的。刀客像是忽然想起了什么，停顿了一下。阳光是另外的事情，刀客说，但住在江南的人通常是不谈阳光的，因为很快就会下雨，而且一下就是很长的时间。在那些下雨的日子，常常会发生一些事情。有些事情，突然之间地——

刀客的话没有讲完，因为不知道为什么，小女孩对他说的话突然有些厌倦了，她提高了一些声音（走南闯北的野孩子免不了就会这样）：我听不懂你的话。小女孩说，我一点也听不懂，反正这里一滴雨都没有下过，反正我不知道为什么要把这里叫作江南。

总是会有不知道的事情的。

刀客这样说着，刀客说着的时候，脸色猛地阴冷了下来。只要接触过刀客的人就会知道，刀客脸色一阴，说话立刻就会变得简洁枯燥起来。而一个脸色铁青、说话简洁枯燥的刀客总是会让人感到有些不安的。

城里的茶馆店在传说一件事情。茶馆店就在小酒馆的旁边，也是临河的，门前挂着红灯笼。只是茶馆店的灯笼要比小酒馆的暗一些。城里有些人喜欢在喝酒以后去茶馆店坐坐，也有些人喝了也就喝了，喝完了就回家。这些都是很正常的事情，都总要因人而异。但茶馆店的灯笼确实要比小酒馆的暗一些，有人猜测说：那是因为有些喝醉酒的人会在茶馆店里哭。那些喝酒的时候，用手绢或者衣角遮住眼睛的人是不去那里的，那些喝完了就回家的人也是不哭的，但也有一些人，他们忽然觉得想哭了，他们就会到茶馆店去。他们躲在那里，偷偷地哭。

茶馆店的布局也是特别的。到了晚上，茶馆店就被分隔成一个个互不相关的空间。坐在里面的人，可以看到窗外的河，看到窗前的一只红灯笼，但却看不到近在咫尺的另一个人。在这样的茶馆店里，还经常能听到非常好听的歌声，还有琵琶。也有人说，其实就是琵琶声，其实并没有人在唱歌，只是因为到茶馆店里来的，都是些喝醉酒的人，喝醉了，又偷偷地哭，所以就很容易听错。当然，这些都是传说，而且因为谁都不愿意让别人知道：自己是否在喝醉酒后去过茶馆店，去过几次，去了之后又是否真的哭过，哭了多长的时间，所以说，在这个城市里，茶馆店的面目通常是模糊的。因为讳言莫深，大家就只在表示道听途说、胡说八道的时候才会提到茶馆店。

茶馆店呵，大家这样说道。茶馆店呵，大家说。

这些天，城里的茶馆店一直在传说一件事情。大家都在说，城里有户人家的女人死了，就是这几天的事情。尸体是在河边一个小院子里发现的。至于死因，说法则各有不同。有人说，她是被人推到井里去的（井栏圈上长着青苔。隔远些，是一棵紫藤树。一只懒猫在叫）。也有人说，女人的脖子那里挨了一刀。非常锋利尖锐的一刀。从脖子往下，再左边一点的地方，斜斜地带着角度地划过去。能看见刀尖闪出的弧形，非常坚硬的形状（在边缘处有一点点忧伤）。然后，嚓的一下。血便流出来了，开始是一小滴，很亮，像眼泪一样的，跳出来了。这个瞬间过去以后，血就成为一种液体，流动得容易与顺畅了，反倒失去了起始时的恐惧与期待。但结果是明确的：女人倒了下去，就那样倒了下去，倒在地上，保持了一种姿势，不再动了。

其实大家都想到了刀客。想到一双穿在厚底布鞋里的脚，脸上的刀疤，还有那把看不见的刀。甚至已经有人在说了：这种干净、残忍的杀人方式，只有真正的刀客才能做得出来。

是刀客呵。刀客杀了人了。

但紧接着下去，理由则显得不那么充分了。因为其实大家都认识那个女人，每天，到了晚上，河边小酒店的红灯笼挂起来的时候，就会传来一个女人的唱歌声：隐隐城楼起暮笳，俏尼姑独坐叹嗟呀。就是那个女人的歌声。在大家的回想中，这是个相当漂亮的女人，头上绾着发髻，小小的圆形，有点歪。她总是穿旗袍，很长很长的旗袍。在大家的回忆里，她好像没有穿过其他类型的衣服，总是旗袍，领子那里两个盘花扣，很细巧的针脚。倒是有人看到她经常挽着藤篮子到小菜场去，她总是顺着河沿走，有时候起雾了，一些卖菜的船就停靠在那里。她停下来，有时她会买上些新鲜的蔬菜，有时则什么也不买。据说她会烧一手非常好吃的菜，小酒店里的厨师向她学过一些，小酒店里用鸡蛋清滤过的炒河虾非常好吃，麻油拌萝卜丝很香，还有一道菜叫作松鼠鳜鱼，菜烧熟了，端到桌子上来，鱼嘴巴里还在吐着水泡。据说这些都是与那个女人有关的。虽然说，除了歌声、旗袍，还有好吃的菜以外，大家还一时无法回忆起更多的东西，但不管怎样，谁都不能想象那个女人竟然死了，并且还是被人杀死的。一把刀，顺着白嫩的弧形的颈部划下去。血冒出来，很亮，像眼泪一样。

小女孩伸出两只手。

小女孩把手臂伸向外面的时候，手心向着天上。所以说，她的这个动作看起来显得特别孩子气（孩子气，还有点无辜）。

真的有点下雨了。小女孩小声说着。她把伸出去的两只手动了动，抬起来又放下，然后再抬起来。真的下雨了，小女孩说。（声音真是细小，还侧身看了看后面的刀客。但毕竟是小孩子，很快又高兴起来。还在地上蹦了几下。）

地上有点湿了。只要一下雨，这样的青石板路很快就会打湿。就连上面的枯草也是湿的。但是不多，只是有点湿，颜色变深了些，有点光泽。当然，不管怎样，草还是枯的，是冬天的草。踩在这种冬天的枯草上，小女孩开始时还担心这雨会大起来，用手做了个形状，遮在头上，但很快就放下来了。

这雨下不大呵。小女孩说着，就一个劲地往前跑，都顾不上后面的刀客了。

很多人都看到刀客带着小女孩出来。

正是一个早上。这样的早上很多人挽着藤篮出门去，走到一半，忽然就发现天上正下着雨。天上下着雨，用手一试探，手是湿的，脸上也湿了。于是便折回去，拿了伞再出来。这样的早上仿佛总是有很多，撑着一把伞，撑着伞就把脸遮掉了一些，身边来来去去的人只看到身体的大部分，脸是没有的，就连眼睛也不见。况且，这样的早上，小酒馆和茶馆店常常都关着门。"没到开门的时间呵。"店里的小伙计拍打着袖管，笑嘻嘻地说。或者，干脆就是没有人说，门关着，下着雨，打在上面，噼里啪啦地响。这样的早上，这个城市里的人都会感到有些孤独，孤独而虚弱，他们撑着伞，低头走在街上，有点像幽灵。

刀客告诉小女孩说，他们现在要到城里的一条街上去。那是一条非常热闹的街，是这个城市里最热闹的一条街。

小女孩点点头。小女孩说是吗！是吗！她一边说着，一边还是继续往前面跑。小女孩从来没有看到过这样细小而密的雨，细小而密，又总是下不大，但毕竟是冬天，有点冷了，粉色碎花棉袄也有点湿了。

他们沿着青石板的路面走。迎面不时走来几个人（撑了伞，低着头），走近了，并肩而过，又再走远。

小女孩忽然叫起来了。小女孩尖声叫着：真香呵，是什么香呵！

刀客停顿了一下。这使得刀客脸上的刀疤显出凝固的质感，仿佛不会变化了，也停顿下来了。但很快地，随着一种舒展表情的到来，刀疤改变了形状（人们通常都觉得：恐惧跟随变化而来，莫测，幽深）。

那是一种糖果的香味。刀客对小女孩说，是这个城市里特有的一种糖果。用饴糖做的，但里面有松子仁，很香的松子仁。

松子仁呵。小女孩眯起眼睛，开心起来了。

街上有很多人在走。不管是不是早上，不管是不是下雨，街上总是会有很多人在走。手里挽着藤篮，或者没有挽着藤篮。喝酒呵，茶馆店呵，哭呵，都是些另外的事情。关上家门，走到街上，买菜、炒虾仁、拣豆苗，这些才是首先要做的——低着头、撑了伞，到街上去呵。

当然，窃窃私语声总是不可避免的。要是有人忍不住，则还会尖声地叫起来：刀客来杀人了呀！

大家小心翼翼地走。把悲伤留在心里。

刀客忽然停下了脚步。

（就在刀客的前方，有一个穿旗袍的女子，她穿着旗袍，一闪而过。）

小女孩倒是没有注意到这些。她在一排摊子前站定下来。小女孩惊喜地拍着手，小女孩说：这么多呀！有这么多呀！摊子旁边的人也受了些感染，也有些开心起来了（眼梢里还是盯着刀客），他们说：是呵，是呵，是有很多呵，这是豆浆、粢饭糕、粽子，那是烧鸭、粉蒸肉和螺蛳，还有松子糖、桂花糖、芝麻饼，都是很好吃的，都好吃呀。

小女孩回过头。小女孩往回跑了几步，并且伸出手拉住了刀客的衣角。能够看到小女孩快速张合的嘴形，还能看到刀客点着头，他被小女孩拉着，步伐又有些踉跄起来，终于又走近了，能听到声音，听到刀客说：城市里总是会有很多好吃的东西。接着刀客又说了，刀客：特别是在这个城市。

什么呀？这个城市是什么呀？小女孩抬起眼睛，很快又放下去，看着那些粢饭糕、粽子，看着那些松子糖、桂花糖和芝麻饼。

我已经说过了，我已经告诉过你，这儿是江南，就叫江南，不要再问为什么了！

刀客的声音忽然又阴冷起来，阴冷、短促。（一个拎着豆苗的人手里抖了一下，豆苗掉了几根，很细小的豆苗，长长的，看上去既胆怯又虚弱。）但小女孩倒似乎已经适应了这种突然之间的变化，她眨眨眼睛，她甚至还伸出了手，她伸出手，伸过去，一直伸过去，直到拉住了刀客的那只。

小女孩还唱起歌来了。小女孩穿着淋了些雨的粉色棉袄，站在灰暗的大街上。她唱着：

> 傍晚来，
> 怎么如今却还没有到。
> 有风了呀，
> 风儿骤，雨儿又飘，
> 霎时间，
> 霎时间水溢了街和道。

街上安静下来了。

（细小的豆苗还在空中飞着，渗水的茎部真细呵。这样细小的东西，这样细小的恐惧。就像憋在喉咙里的尖叫声：放过它吧！）

刀客从口袋里拿出钱，递过去。小女孩挑了一把香喷喷的松子糖，放一颗在嘴里，抿一抿，眼睛笑得像月亮一样。他们在大街上一路前行。看到很多店门正在开门，门板被卸下来，

刀　客

靠在一边，店里的人把脑袋探出来，四处张望；猫在青石板的路面上睡觉，头上是黑瓦的屋檐；一个女人走在石桥上面，手里撑着伞，她好像也在唱着什么歌，这歌声远远地飘着，飘到小女孩这里了。小女孩抬起头，睁大眼睛看她："她穿的是什么衣服呵？"小女孩嘴里嚼着松子糖（嗞嗞作响），一边嚼一边说："这衣服多好看、多好看呀！"刀客忽然说话了，刀客告诉小女孩说，这样的衣服叫作旗袍，江南的很多女人都穿这样的衣服。"冬天也穿吗？"小女孩还是感到奇怪。是的，刀客说，不管什么季节，不管什么场合，江南的女人都穿着它，都穿着旗袍，就像河里的鱼一直披着鱼鳞那样。

（一个穿旗袍的女人又闪过去了。多少眼睛在看着她。白嫩的颈部，假如一把刀放上去，很快就会渗出血来，就像眼泪一样。）街上走着人，和一个寻仇的刀客走在一起，和刀客的仇人、自己的仇人走在一起。杀身之祸呵！而一个穿粉色棉袄的小女孩站在湿漉漉的青石板路上，手里拿着一把香喷喷的松子糖。

"我也要穿旗袍。"这个小女孩说。她说："我也要穿旗袍。"

城里流传着许多杀人的故事，这当然总与刀客有关。虽然刀客手里没有拿着刀，明眼人却总是知道的，总是知道些眼睛看不到的事情。他们小心翼翼地走在街上。他们在心里尖叫。他们像鱼一样披着闪光的鱼鳞。到了晚上，他们也会偷偷地跑到茶馆店里去，隔着屏风，他们偷偷地哭，他们偷偷地谈论死去的女人。"这种干净、残忍的杀人方式，只有真正的刀客才做得出来呀！"他们说（心里知道究竟是怎么一回事）。偶尔他们也会想起那个小女孩，蹦跳着唱一种好听的歌。然而，瞬间易过，细小的尖锐的恐惧总是紧接着而来：

刀客呀！你们听到了吗？刀客在磨刀了！他在磨刀了呀！

当然，这样的事情刀客总是很少会知道。其实刀客只是一个过路的艺人，他从北方走到南方，从村庄走向城镇。他和一个瘦弱的小女孩相依为命，在小女孩很小的时候他收养了她，在她小得像一只猫、冻得像一条脱水的鱼一样时，他便收留了她，他与她相依为命，他带着她，从北方到南方，他们相依为命，从不分离。她很小的时候，他在夜晚的噩梦里发出骇人的尖叫，这个小得像猫一样的小女孩就开始唱歌，她唱歌给他听。谁都没有教过她唱歌，但她就是会唱，不停地唱，他在她细小的歌声里入睡，然后再惊醒（噩梦呀），再入睡。

直到有一天，他们来到了一个江南的小城。月亮出来了，小女孩拉着他的手，她拉着他的手，来到了一个古城墙的下面。灰黑的城墙，起着青苔，青的或者黑的。就这样爬在那里。天上飘着雾，很难想象，冬天的晚上还会起雾，白蒙蒙的。城墙蜿蜒着向上延伸，小女孩抬头看着，小女孩问：城墙爬得这样高，它爬到哪里去呵。没有人回答。月亮出来了，萤火虫也出来了，在他们身边飞，在他们身边放出光芒。小女孩轻轻地唱着一首歌，她的声音是细细的，具有光泽的。他在这样的歌声里听着听着就睡着了。他梦到了水，梦到了悲伤的小人鱼，那些悲伤的小人鱼呵，四肢长着爪子，子宫是不育的。她们在有雾的夜里悲伤地游动，她们引吭悲歌。

他醒来的时候，发现歌声已经没有了。他回过头，看到小女孩正靠在城墙的青石砖上，月光照着她的脸。她的眼睛是闭着的，睫毛很长；能听到她的鼻息，很轻微，嘴巴的轮廓却是安详的。她穿着一件粉色的碎花棉袄，他忽然发现，棉袄已经有些嫌短了，下摆微微往上吊着，一半的手腕也裸在外面，月光下，显出莹润的肤色。他不由得心里一动——她已经长大了呀，他这样想着，并且下意识地把手向那只裸在月光下面、莹润纤细的手伸了过去。

小芋去米村

　　从城里去米村竟然要转两趟车，这是小芋没有想到的。一次因为坏车，另一次则到了个小镇，由小镇再下去，才是米村。一群人下车后哗地就散了，另一群人则在大太阳底下眯缝着眼睛等车。小芋心想，一切还仿佛有点规则似的，由城到镇，然后是村。小芋搞不清这是个什么样的镇落，就管它叫米镇吧。小芋在路边买了根冰棍，卖主是个满脸皱纹盛开得像花一样的老太。小芋一边吃着冰棍一边想，就叫它米镇吧，未到米村时的一个米镇。

　　小芋要在米村找一个人。小芋包里装着一封信，是城里的熟人写的，写给小芋要在米村找的那个人。小芋知道，只要把包里的信给了那人，那人也就成了小芋的熟人了。如果小芋要在米村办什么事，就可以张口对他讲。正这样想着，那辆来自乡镇、驶往乡村的公共汽车便迎面而来了。车上弥漫着一种由夏天而膨胀开来的气味。幸而窗是开着的，小芋坐在窗边，看到田野过去了，沟渠过去了，四周是群山。然而，再往前面看，还是田野，还是沟渠，四面仍然围绕着群山。小芋便有些厌倦，觉得夏天的中午，一如既往便是它最大的特色，而米村也只是这一如既往中的一个逗点。在四处摇晃的乡村公共汽车上，米村显得遥遥无期，米村感觉极不真实，就像隐藏在田野与沟渠后面的一小撮摇曳的麦浪。只在麦尖上呈现出一段荧光。但是即便在昏昏沉沉之中，小芋觉得自己还是蛮喜欢"米村"这两个字的。米村。它好像隐隐约约地意味着什么。很简单地，还有些稻香，让夏日中午困倦的小芋不至沉沉睡去——不管米村究竟是什么样的，不管正午幻觉中的米村到底存不存在，那个小芋要去的米村却总在前方。

小芋究竟要去米村干什么呢？没有人知道。当然，她肯定要到米村去办一件什么事情。而办事情在一个陌生的地方总是要找熟人的。就这样，小芋拿着包里的信在米村找到了第一个人。

他叫大林。大林看了小芋手里的信后显得很高兴的样子，大林告诉小芋说，写信的人是他很好的朋友。很够交情的。然后大林就关照女儿剖一个西瓜给小芋吃。大林的女儿和小芋差不多大，小芋就叫她小林。小林穿着小碎花衣服，走来走去给小芋拿西瓜时，小芋忽然感到很有一种找到熟人的感觉了。当然，这都是因为那封信的缘故。那封信把小芋带到了米村，并使他们联系到了一起。小芋的心里有了点着落，她在米村找到了一个知道她来历的米村人，就像杠杆暂时找到了支点一样。小芋吃起了西瓜，觉得一路奔波过后，米村的西瓜瓤甜籽少，有种意外的香甜。

小芋去米村

到了下午，大林对小芋说，他家在村东头还有房子。临河，夏天住特别清凉。所以晚上他们全家都住在那里。小芋就很有兴致地被邀请着同去。小芋坐在大林的自行车后面，用手抓着大林的衬衫下摆，小林骑在前面。骑不多久，迎面是个浅浅的小池塘，一块青石板铺在上面。小芋便叫着停下，要从上面走过去。谁知小林刷地一下就飞车骑过去了，眼看着大林也要这样过去。吓得小芋连忙闭上眼睛，哇地叫了起来。

太阳略偏了点，但好像仍在头顶上。然而小芋觉得乡村的风确实有点不一样，很凉，一阵风吹过来就是一阵风，不像城里的风。也不像镇上的风。大林因为车上带了个城里姑娘，多少有些兴奋，大林的车技很好，还会吹口哨，大林得意地吹起口哨的时候，小芋就会产生一种万事俱备、风和日丽的感觉。好像什么事情都会办好的，什么也不用愁闷。

大林家的房子真的就在河边，两岸长满草和树，草与树遮蔽了房子，显得那儿四顾无人，类同于一个孤岛。黄昏时，小林领着小芋去楼下洗澡。明明是两层很大的房子，洗澡棚却在底楼重新朝外搭出半间，有种半露天的感觉。棚里还堆了些杂物，因此并不显得宽敞。小林替小芋准备了许多热水，弄得雾气蒸腾，又飘了一半到窗与门的外面去。小芋一边洗一边看着两只蚊子在雾气里飞来飞去，它们好像也被热气蒸得有些晕乎，光顾着飞，也不向小芋近身。有几次，它们就停在澡盆旁边的一只木板凳上，小芋忙着擦拭身子，把毛巾上的水洒了几滴上去，蚊子呼地又飞起来，却也不逃远，嗡嗡地叫着。小芋就想，在这米村，就连蚊子好像也有种随遇而安的劲道。

小芋洗澡洗得出了身透汗，被河边的凉风一吹，才觉得真是有些凉快了。小林在河边梳着她的长头发，看到小芋出来，斜斜身子朝她笑笑。真是凉快了。小芋觉得有些快乐。当然，真让小芋感觉快乐的，或许还不仅是忽然到来的清爽，这时，远处的米村、近处的米村都隐隐升起了炊烟，小林穿着小碎花的裙子在河边梳头，小林的头发黑而乌亮，长长地拖到腰际。河水很清。岸边长满了草树。小芋刚刚洗完澡，听到远处传来些口哨声，牛的声音，蚊子叫，还有夜归的鸟。

　　吃过晚饭，大林便带着小芋到米村的一个咖啡馆去。大林对小芋说，现在农村也兴这个了，大家去茶馆喝茶，也去咖啡馆喝咖啡。他们要去见几个人，而这几个人当然都是与小芋要办的事情有关的。小芋换了件衣服，便跟着大林上路。蝉声很噪，像田间粗鲁农人的吵闹。天上有星，稀稀落落，有的滑下来，有的升上去。大林一边走，一边关照着小芋一些事情。小芋不住地点头。一条野狗"哗"一下从他们身边擦过去，直至跑成一个黑色小点。

　　他们走过一个打谷场。打谷场凸起在田野里，就像一块高地。小芋被一块小石头绊了下，大林便伸手扶住她。大林说，就在前面了，过了打谷场就是了。小芋注意到打谷场非常平整，此时月亮升得老高了，月华如水，照得打谷场上一片明澈。泥地上留下了一些动物的脚印，其中最为清晰的，可能就是刚才奔过来的那条野狗了，还有鸡爪的印记，甚至好像还有某种比较庞大的动物。这让小芋稍稍感到有些害怕。

　　幸而咖啡馆很快就到了。灯光竟然也很幽暗，然而人声很大，有些蒙住眼睛瞎唱戏的感觉。大林把小芋介绍给了几个人。让小芋叫经理和老板。小芋就朝着那些发出巨大声音的地方微笑着，称呼着。小芋忽然发现大林非常能干，他在黑暗与烟雾中把小芋要办的事情讲述得非常合理与得体，几乎有种让人不得不马上去办的意思。小芋就有些放心，觉得事情还有点门道，她低头喝了口咖啡，结果发现甜得腻人，绝对是放多了糖的缘故，但从中却也让人产生出感动——为着米村人对于时髦的那份执着与热忱。

等到小芋的眼睛略微适应了光线，她便发现，这乡村咖啡馆里还穿梭着几个颇为漂亮的女子。凭直觉，小芋觉得她们不是米村的，也并非来自城里，她们更像那种中转小镇里的姑娘。她们显得与那些经理老板们非常相熟的样子，她们手里托了咖啡盘过来，便与他们开几句玩笑。然后走开，然后又回来。她们非常警觉地看了几眼小芋，但是也不说话。显得有些神秘。

因为咖啡馆里烟雾腾腾，空气十分不好，小芋便出现了类似于幻觉的感受，小芋想，那几个漂亮的女子好像也是到米村来办事的。她们随身的皮包里装着封熟人写的信。她们到米村来，来找米村的经理与老板。城里与镇里的经理老板已经太多了，多了便要竞争。物竞天择，哪里有刚刚萌生出经理老板的米村来得慈悲良善呵。小芋这样想着，不由得笑了起来。就在她笑的时候，忽然听到外面沙沙的声响。下雨了。小芋心想，米村下雨了。

第二天一早，小林来敲门。小林换了另外一种颜色的小碎花衣服，她显出有点不太好意思的样子，说大林今天要送她去镇上，有人给她介绍了个小伙子，是镇里银行的，据说还很有可能调到城里去。这样，小芋要在米村办的事就只能由大林托付给另外一个熟人了。

熟人在米村的一个乡办厂里。村里的厂总是有种荒凉的感觉，是与空无一物的旷野不同的那种荒凉。小芋与大林踏进那个乡办厂的厂门时，忽然就感到：出大太阳了。厂区的外域有一些草，外面是田野，而再往里走就能看到一些疏疏懒懒、冒着青烟的烟囱与厂房。那些人工建筑总有点像是伪的，在厂区里走来走去的人也不很亲切，不像出现在田埂垄头的那些，他们显得既疏懒又勤快，阳光在他们脸上衬出半明半暗暧昧不清的阴影，他们在大林与小芋的身边走来走去，带着一种同样暧昧不明、类似于城乡接合部的气息。

大林认识的那个熟人就是这厂里的厂长。只是不巧，他一早便出门办事去了，什么时候回来也不很确定。大林把小芋嘱托给厂办的一个小姑娘，又关照了小芋几句，便急匆匆地走了。

这样一来，小芋就一个人孤零零地留在米村了。

小芋坐在厂办临窗的一个座位上。从那里可以看到米村的一些风景。有一些人在厂办周围走来走去，他们嘴里说的是米村的方言，那方言就像流水与云彩一样流动，笼罩在米村的上空。而坐在米村陌生窗口的小芋，则有些类似于河岸边的一株水草，或者就是云彩笼罩下的一块阴影。流水与云是那样自如地、旁若无人地行进着，流动着，它们走过之时，有风打动了那株矮矮的岸边水草，仿佛就把它与它们联系在了一起——

小芋又看到窗外的那片打谷场了。它非常突兀地出现在广阔的田野间，就像小芋出现在广阔的米村一样。中午的打谷场是明亮的，它好像正在反射着什么光亮，它的四周被修理得非常平整，显出某种清晰平和的规则，这让漂泊在米村的小芋觉到了感动与细微的忧心。小芋注视着它，在瞬间里忽然忘记了自己此次来到米村的目的。阳光普照大地，光，就像雾一样，缓缓地升起来，又缓缓地落下去，米村的日光越来越强烈，这让小芋感到了目眩。小芋闭了闭眼睛，继续感到有一些米村的人影在自己面前晃动着，更换着，因为光与影的缘故，它们交织成了一种网状的阴影与碎片。小芋觉得自己有点困了。等待中，小芋觉得自己又累又乏，以至于感到自己的身体正在渐渐缩小，渐渐凝固，并且终于有种无从把握的样子，于是就完全地交付给这陌生而大的米村了。

小芋等待的那个人终于没有回来。厂办的小姑娘帮着打听了一下，说厂长今天可能不会回米村了，不是留宿在镇上，便是城里了。小姑娘接着又看了小芋一眼，说，或者晚上你就跟我回家住吧，明天再一起过来，那时厂长就肯定回来了。

小姑娘把自己的女式车让给小芋骑，又去借了辆男式的，两人便并着肩在暮色的村路上骑车前行。天色已经暗了。是条四周长了高树的村路，树荫很密，树叶也大，疏疏朗朗地遮在那里，显得风也轻和凉爽了起来。小芋白天那种被米村的日光照得头晕目眩的感觉忽然就淡了，心里生出灰暗却新鲜的触觉。这触觉正应和着把自己交付给米村的幻想，而那种交付，既无奈，又带着一种对于无知的恐惧。小芋心里便想，这或许就是书里面所说的那种随遇而安吧。

　　小芋没想到小姑娘家的房子会那样大。足足有三层。小芋跟着小姑娘进门，奇怪的是，小姑娘的父母仿佛并不太在意外人的加入，他们既没有显出米村人那种过分的热情，也似乎缺少问长问短的兴致。这使得小芋产生了一种叶落树林的认同感，同时，也有了一丝不易察觉的忧伤。小姑娘安排小芋在一个黑乎乎的房间里洗澡。灯光很暗，蚊子嗡嗡叫着。有时候瓦斯突然爆出一阵嗡嗡声，就仿佛有什么突然的变故正隐含其中。

　　卧室在二楼。小芋感到了风。但屋里的灯光挺暗，有点像饱熟的麦色，它们映照在夕阳的暮日里，有着等待收割的凄怆与宿命。小芋便躺到竹席上去，很凉，是那种纯天然的编织物，小芋翻了个身，听到楼板响了，是厂里的那个小姑娘。小姑娘洗澡后换了条白裙子，在昏暗的楼道里上来，就像一道白光。她在小芋的床头站着，用手翻着裙子的荷叶边，不说话，过一会儿，忽然又说话了。小姑娘问小芋，到米村来究竟是办什么事情呢？小芋简单地说了，说完便问小姑娘，这事情在米村究竟应该找谁比较合适。小姑娘说，你都找了谁。小芋就把熟人的信讲了，大林，小林，米村晚上的咖啡馆，那些经理老板，还有仍未见上面的乡办厂的厂长。小姑娘一边听小芋说话，一边剖了个西瓜，水淋淋地递过来：现在办得怎么样了？小姑娘看了小芋一眼，继续问道。小芋把西瓜里的几粒籽剔出来，想一想，不知道应该怎样回答，便说：现在反倒是觉得米村变得越来越大了。

　　就在这时，楼下忽然传来急促的狗叫声，把小芋吓了一跳。小姑娘连忙解释说，肯定是村里的疯子又来了，这家伙老是拿着树枝打狗，村里的狗隔老远闻到他的气味，就全都一起叫起来。小芋探头到窗口去望，月亮挂得很高，照在地上，却仍然还是黑洞洞的，小芋想，这可能便是月亮挂得太高的缘故，再仔细去看，窗外却是一片开阔的打谷场，与小芋前几次看到的打谷场毫无二致的一个，四周也被修理得非常平整，显出某种清晰平和的规则。小芋便愣了一下，像是忽然想到了什么事情，不再说话了。

　　小芋是在半夜两点多钟的时候被惊醒的。仿佛在梦里感到肚子疼，既而突然清醒了，想到晚上吃的那碗麦片粥，米村的水味道很怪，里面混杂了各种滋味，甚至还能让人联想起自然界里动物的体味。这样翻来覆去、充满理性地想，疼的感觉沉淀下去，便听到了一种声音。它渐渐地清晰起来，像一种细小的身体柔软的动物。小芋从床上直起身，穿上拖鞋。小芋发现，这声音是从旁边小姑娘的床上发出来的，这样想着，又屏息听了听。小姑娘的梦呓带有一种歌唱般的调子，其间是有着起伏的，像是感性的戏剧般的咏叹。小芋便想，不知道她正在做着一个什么样的梦。正想着，这梦呓又猛地沉下去，说不清楚的忧伤，再沉下去，便带有一种浓重的哭音了。小芋心里的好奇渐渐升起来，便趿了拖鞋走到她床前去。月光正好，斜斜地照进来，把小姑娘脸部的侧影照出许多层次，光亮的部分，甚至还能看到细小的茸毛，这脸部的表情现在正随着梦呓的变化而不断变化着。小芋站在那里，不动，也不说话，恍然觉得自己有些像童话里面的幽灵，有着障眼法与穿墙术，或者干脆就是个私闯家宅的小偷。小芋忽然感到害怕起来，仿佛那张熟睡着的脸会突然醒过来——

　　如此这般，来到米村的小芋便穿过屋子，顺着楼梯下了楼，小芋下楼的时候，木板楼梯发出吱吱呀呀的声音，让小芋产生了许多奇特的联想，幸而，夜晚已有了点秋凉，远处的田里有哗哗的水声，静寂，狗也睡了。而此刻，外面的打谷场正空旷着，它的四周被修理得非常平整，让人想起线条清晰平和的经线与纬线。小芋沿着打谷场慢慢地走，小芋想到这几天已经记住了许多属于米村的陌生的名字。她回忆着这些名字。而明天，她就将见到那位去了城里、彻夜未归的厂长，她将告诉他，自己到米村来，究竟是为了什么，她希望得到他的帮助。小芋将在米村再一次讲述这一切，而那位厂长，他托着腮帮，眯缝着眼睛，另一只手哗啦啦地翻看着小芋的熟人写给他的信。小芋闭上眼睛都能想象出他的表情，明确的，具有规则的，不出一点意外的。这种想象多少有些打击了小芋，在这几天已经有些困倦的经历里，小芋忽然想道：自己究竟是怎样来到这里的？无数的周折。米城显得遥远了。要一步一步才能回头，竟还有回不去的感觉。小芋想，自己就像一只在米村的经纬间摸索前行的飞虫，经纬如同琴弦，在碰撞中发出一些意料之中或者超越人的意料的声音。

　　就在这时，小芋看见前方田野的上空，有一颗星星刷地划过去了。它微弱的光在瞬间里照亮了米村的田地、村路、米村的打谷场、睡着的狗。小芋觉得有些累。有些累的小芋闭上了眼睛。小芋知道，在暗夜里，人的听觉会有着超越常规的敏锐，在那颗星星划天而过、发出清晰明确的响声时，小芋便在陌生而大的米村里面闭上眼睛，屏息倾听了起来。

绯 闻

黑暗里传来迷人的声音，海妖也是这么歌唱的。说海妖想诱惑人是冤枉了她们；她们知道自己长着爪子，子宫是不育的，她们引吭悲歌。如果说她们的歌声确实动人心弦，那也不过是情不自禁非唱不可罢了。

——选自《卡夫卡日记》

是个下雪的日子。宝玉醒得很早，但因为觉得天气冷，就又捂着被子睡了会儿。等到他再次醒来，忽然发现外面天色已经大亮。那种亮，不像平常的日光，它是有厚度的，是由什么实在可视的东西焕发出来的。宝玉披了件衣服，在床上坐着。宝玉在床上坐着的时候可能发了会儿呆，所以当他后来走到窗前，看到外面白茫茫一片大雪，不由得产生了这样的幻觉：就在刚才，他坐在床上想心事的时候，有一些东西发生了变化：窗外先是灰色的，然后就盖了层白色，接着又是一层。但这种变化是直到他走向窗前，抬起头，才被真正发现的。一切已经完全改变了面貌。但这其中最为细微的改变是如何开始的，他却一点都不知道。

但不管怎么说，这确实是个下雪的早上。大家都觉得天气很冷。大观园的很多地方都结了冰，有些地方，上面看起来盖的是雪，其实下面也是冰。所以很多人都躲在了窗户的后面，不出门，但窗帘是掀着的，为了看见雪的样子。

提出喝酒这个建议的可能是晴雯，当然也可能是袭人、秋纹或者麝月。因为下雪，所以大家都在屋子里，都挤在窗户前面看雪。看着看着忽然就叽叽喳喳笑起来了，有人说像鸡毛，有人说像宝二爷那件掉了颜色的"雀金呢"，然后就有人说，这种天气应该喝酒。

马上有人去拿了四只杯子，或许是五只，也可能更多些。下酒的菜是有的，酒酿清蒸鸭子，腌的胭脂鹅脯，奶油松瓤卷酥，还有一些其他的茶食果品，都是刚才外面让人送来的。但没有酒，更确切地说，没有宝玉他们要喝的绍兴酒。这种酒是前些日子宝玉和几个仆人偷偷摸摸逛到集市上带回来的。暗黄色。宝玉喝了就说好，大家问他为什么好，宝玉不说，宝玉低着头，把自己沉在椅子里。

雪下大了，白的，让人觉得白，白得空虚。

大家乱七八糟地坐着，好像倒暖和了一些。看着窗外，觉得空虚是一种冷。

后来还是晴雯站了起来，晴雯说，可以让她出去买酒，就是宝玉要喝的那种大观园外面的酒。晴雯站起来说话的时候，大家这才发现，今天晴雯的打扮有些特别，一条石榴红裙，也戴着几件家常首饰，但就这样看上去，却忽然让人感到了白。说不出来的一种白。大家一时都有些愕然，其实也谈不上愕然，只是感到有什么不大一样的地方：

下着雪呢。她们看着晴雯，这样说道。

晴雯披上外衣。晴雯说她本来就想到外面去走走，下雪就下雪吧，下着雪也是很好的一件事情。再说——

晴雯那双丹凤眼飞快地扫了大家一下，想接着往下说些什么，但忽然，她又停住不说了。

你不冷吗？其中一个单眼皮小丫鬟小心翼翼地问。

晴雯笑了，没有说话。于是她们扔给晴雯一条长围巾。

猩红色的。

晴雯把自己包起来。晴雯临出去前回头望了望宝玉，好像还说了一句话，晴雯说：

宝玉，你也去吗？

宝玉没有回答，或许是没有听见，他正低着头，把自己沉在椅子里。

下了雪，外面真亮呵。

晴雯披着围巾，就出去了。围巾很长，在她身后飘呀飘的。

大观园里下着雪。才走了几步，晴雯便发现：下着雪的大观园与平日是不同的。下着雪的大观园便不是那个大观园了。它忽然显得有些陌生。而陌生其实也正是一种冷的感觉。所以晴雯把红围巾裹紧了些，裹在头上，再裹紧些，只剩两只眼睛露在外面。

树的轮廓很分明，这与窗里面看出来的似乎不同。晴雯忽然想道：现在的大观园里，现在这个正下着雪的大观园里，一定有很多人都躲在了窗户的后面，有很多窗帘都掀着，为的是看见雪的样子。所以也一定有很多人都看到了她，看到她披着一条红围巾出门。晴雯不由得想，从窗里面看出来，她会是什么呢？

晴雯想起了一件事情。

是昨天晚上的事了。昨天晚上，宝玉吃了晚饭后，又喝了半碗茶，忽然就想着要到林姑娘那边去。他提了一盏灯，走出门去。外面下着一点点雨，很小，也有点月亮。宝玉走了几步，忽然发现大观园里看不到什么人，大观园成了个很空的园子，就连他一个人走出来，也没有被别人发现。

其实还是有人看到的，还是有人发现了。这个人就是晴雯。晴雯在大观园的树影后面看到了提着灯笼的宝玉。但宝玉不知道。所以说，有时候人的直觉总会出点问题。宝玉一直认为，昨天晚上是他一个人走到黛玉那边去，然后再走回来。但实际上，情况完全不是如此。晴雯就像天上的一小轮月亮。从头至尾，都看得清清楚楚。

宝玉想着要到黛玉那边去，是因为他忽然觉得有什么话要对林妹妹讲。这个微雨无人的大观园的晚上，宝玉有种如鲠在喉的感觉。但具体要对林妹妹说什么，宝玉又有些讲不清楚。就在还没想好要讲什么话的时候，宝玉就提着一盏灯出来了。

隔着窗户，宝玉看到袭人已经睡了，晴雯则歪在那里看着一把纸扇。所有宝玉熟悉的人其实都在，所有的人其实都欢迎宝玉加入他们的日常生活。但今晚，宝玉感到了寂寞。感到寂寞的宝玉只想着要到黛玉那里去。于是他就去了。

在路上，宝玉遇到了紫鹃。

两人都站定，还说了些什么。话讲得很轻，只是偶尔有几个词汇闪亮一下。所以说，晴雯没有听清他们说话的具体内容。月亮是灰白色的，是冬天的月亮。雨也是灰白色的，也是冬天的雨，还像是从月亮上面掉落下来的。在灰白色泽的大观园里，晴雯忽然就感到了冷。说不出来的一种冷。冷入骨髓。晴雯用留了长指甲的手抱住自己。就在她抱住自己的时候，宝玉和紫鹃停止了说话，接着往前面走了。

晴雯记得，昨天晚上她从树影后面望出去，宝玉和紫鹃都穿着银灰色的衣服。一种动物的毛皮。寒色，又有着绒丝的质感。晴雯记不清楚宝玉竟还有着这样一件衣服。因为通常来说，宝玉的衣服都是暖色的。明亮，温暖，有着触手可及的温度。是大观园里的人们学习的典范。晴雯感到有点奇怪。所以当宝玉从外面回来，又隔着窗户朝晴雯这里张望的时候，晴雯注意地看了他两眼。

晴雯说二爷回来啦。

宝玉没有听清，宝玉一边说话，一边往手上哈着热气。宝玉说外面可真冷呵，怎么会这样冷的呵。宝玉正说着的时候，晴雯就已经从里面走了出来。晴雯把宝玉手里的灯拿了过来。晴雯看了看，灯已经给换了，不是出去时的那盏，而是换成了能够避雨的那种。是在黛玉那边换的。晴雯没有说话，把灯放好，又出来看宝玉。晴雯说，二爷喝口热茶吧，喝了口热茶就会好一些了，不会再这样冷了。宝玉就从晴雯手里接过茶盏。这时宝玉忽然叫了起来，他一把抓住晴雯的手，说：

你的指甲呢，你的指甲怎么全都断了！今天早上还是好好的呢！

晴雯就笑了，也不回答他。晴雯说，二爷的衣服都淋了雨了。这毛皮淋过雨就不行，毕竟是动物的皮毛做的。淋了雨就全耷拉下来，等干了以后还是伤尽元气，明眼人一眼就能看出来的。说到这里，晴雯那双凤眼飞快地在宝玉身上闪了一下，晴雯说：

刚才我歪在床上，听到有一种动物的声音，很轻，很小心地，从大观园里跑过去了。它跑过去的时候，床边亮了亮，灰白的光。二爷你说，这种冬天的时候，会有什么动物呢？

宝玉没有说话。宝玉说他真的已经是很累了。宝玉说他刚才说了很多话，但最想说的好像仍然没有讲出来，所以就更加觉得累了。宝玉说晴雯你怎么还没有睡呵，你看袭人他们都已经睡着了。这样冷的天确实是应该早点睡觉的。不要再想什么了。宝玉说晴雯你也早点睡吧。

晴雯也像是没有听见宝玉的说话。晴雯讲，要是这种冬天晚上的时候，大观园里真的有什么动物悄悄地跑过去的话，你说会是什么动物呢？或许还是银灰色的。很小巧，没有什么声音。

宝玉就愣了愣，看了眼晴雯，没说什么。

现在晴雯继续在下了雪后的大观园里走着。晴雯把围巾裹得很紧。因为在这种下着雪的园子里，确实看不到什么人，而越是看不到人，就越是觉得许许多多的人影藏在了暗处。到处是人，在那里七嘴八舌地说话、唱戏，在那里悄悄地看着她。

晴雯知道，许多东西从窗里面看出来是不同的。这是一件非常奇怪的事情，就像昨天晚上她歪在床上等宝玉回来，在窗格那里看到一种光，很微弱的光，闪了一下。起先她以为是月亮。后来就听到了细小的声音。有点像哭声。然后就有什么东西很灵巧地、小心翼翼地，又有些忧伤地跑过去了。在窗台那里又闪了一下。光就神秘地隐灭了。晴雯觉得它可能是一种动物，当然，也有可能是她自己的幻觉，但或许，它倒是实实在在的大观园里的一件什么东西。只是在晚上，透过了窗户，看出去就不一样了。成了另外一种什么东西了。

就这样想着的时候，晴雯已经走出了大观园。

雪下得更大了。铺天盖地。雪掉在河里，一眨眼就化了；雪掉在树梢上，有的化了，有的没有化；雪掉在晴雯的红围巾上，积了厚厚一层，改变了它的颜色。然而，晴雯惊讶地发现，就像在大观园里一样，街上也没有什么人，即使有，也是像她一样，用围巾裹着头，裹得很紧，只剩两只眼睛露在外面。

晴雯开始寻找那个卖绍兴酒的小店。

因为冷，因为雪，因为总是觉得有许多人影在窗户后面盯着她，晴雯希望能够早些买到酒。所以说，现在晴雯加快了脚步。然而，就在这时，晴雯忽然觉得身后仿佛有人在跟着她。脚步的声音。有时候快些，有时候又慢。因为踩在雪上，这脚步声是轻的，但正因为轻，似乎又有着某种预谋的嫌疑。

晴雯把头上的红围巾又裹紧些。再往前走几步，猛地回过头来。

有一个人在晴雯的后面走。

二爷——

晴雯差点叫出声来。

这个人确实像极了宝玉。穿着银灰色的衣服，长得和宝玉一模一样，走路的姿势和宝玉一模一样，说话的声音和宝玉一模一样，就连对晴雯笑的样子也和宝玉没有什么区别。

他走过来把晴雯围巾上积着的雪拍掉些。他告诉晴雯说，他的名字叫宝玉。他问晴雯，他说，你呢？

晴雯跟着这个和宝玉一模一样的人往集市上走。这人问晴雯，为什么在这种下大雪的日子还到街上来。晴雯说是为了买酒。一种绍兴酒。暗黄色的。喝了人会觉得非常暖和。这人说他知道什么地方有这种酒卖，就在离这里不远的一家店铺里，但是因为天气太冷了，所以买完酒后应该在那里先喝上一点。"要不是会冻坏的。"他这样说道。晴雯说，是呵是呵，天气可真是冷呵。就这样又走了几步，晴雯忍不住问他，晴雯说，你怎么也叫宝玉呢？是原先就叫宝玉的呢，还是后来改的？那人就回答道，他只知道自己叫宝玉，宝贝的宝，玉石的玉，至于是原先就叫还是后来改的，他就不知道了。

两人在一家店铺里坐了下来。这个名叫宝玉的人要了酒。他歪过头问晴雯：你也喝一些吗？晴雯点点头。晴雯把裹在头上的红围巾拿下来，在桌子旁边坐下。又把红围巾搭在椅背上。晴雯说，你怎么不用围巾裹头呢？满街上的人都这样，用围巾裹住头，只留两只眼睛在外面。

那人就笑了，也没有回答。就在他笑的时候，晴雯发现他穿得挺单薄，但手脚却伸展得很好，没有缩手缩脚的样子。晴雯想了想，又仔细地看了看他，嘴角向一旁歪起来，也笑了。

酒是好酒。晴雯喝了一杯。又喝一杯。几杯下来，晴雯的脸上出现了一片红晕。那人也喝，喝了一杯，再来一杯。脸上却没有什么动静，手脚也还是伸展得很好。有几次，小酒店的厚门帘被风掀开了。很大的雪片飘进来，在屋里打着转。晴雯就忽然脆声笑了起来。光是笑，却也不说话。晴雯的笑声就像突然飘进来的雪片一样，明亮，白色，还有一点点的光。

外面真亮呵。这个叫宝玉的人说。

晴雯说，我问你一件事情。

那人点头。好的。那人说。

你说，在这种冬天的晚上，或者下雪天，还会有什么动物出现呢？树上的叶子早掉光了，没什么颜色。天这样冷，漫天的雪，又刮着风，即便裹着最厚实的皮毛，也还是没有用的。也还是会感到冷的。在这种时候，你说还会有什么动物出来呢？也没有太大的声音，我听了，细细的，像哭声，也像唱歌。一点一点地它就跑过去了。才那样一会儿的工夫。就看不见它了。

叫宝玉的人皱了皱眉，又喝了口酒。

总是会有这样的动物的吧。这和天冷不冷没有关系，和是不是冬天也没有关系。即便是下雪天。下着大雪，它也总是要出来的。这是没有办法的事情。只要它是这样的动物，那就是没有办法的。

也唱歌，也哭吗？

晴雯的眼睛睁得很大，但不知道在看什么。

也唱歌，也哭。但或许并不唱歌，也听不到它的哭声。这都是些另外的事情，甚至是它自己也不知道的事情。它自己跑出来了，或者没有跑出来，它都是不知道的。它不知道自己是跑轻了，还是跑重了，它也不知道冷。如果有人看到它，觉得它就像一小团的光束，那也只是别人的事情。或许是月光的缘故。

还有雪。

是的，还有雪。

那么它连绝望都不知道吗？

不知道。

那人一口把酒杯里的酒喝完了。看着晴雯。

你在说什么？

晴雯像是突然想起了什么，猛地抬头看着那人。

我在说冬天的动物。因为你刚才问我，在下雪的大冬天，还会有什么动物出来。我说是有的。不管它是什么，总是会有的。

哦，是的，你是这样说的。你告诉我了，你刚才就已经告诉我了。

晴雯已经有点喝多了，眼角那里也开始晕出一块红来。这样乍看上去，晴雯的那双丹凤眼有种奇特的效果。有点像是笑着，即便没有表情的时候也是这样。笑着，然后，没有什么表情。

我们有时候会说狐狸的事情。你知道吗？狐狸。

晴雯一手拿着酒杯，但没有喝，就这样拿着，接着说话。

有时候在屋里闲着没事，说着说着就讲到狐狸了。二爷也讲。宝玉，也叫宝玉的，和你一样。他喜欢说这个。他总爱问我们有没有见过狐狸。我们说没有，他就很失望。他很想见一见狐狸。他说，有时候，晚上的时候，春天，他能听到狐狸在园子里跑动的声音。一只，或者两只。但他从来都没有看到过它们，因为它们跑得很快，飞快，又轻盈，像风一样。但谁都不知道，下雪天，狐狸都跑到哪里去了。这是我们谁都想不明白的事情，下雪天，狐狸会跑到哪里去呢？

叫宝玉的人不说话。也没有抬头看晴雯。他不说话了，开始喝酒。

谁都说狐狸是诱惑男人的东西。是一种妖精。但宝二爷不这样说。他说，下雪天那么冷，狐狸会到哪里去呢？他总是这样说，总是这样说的。

叫宝玉的人还是不说话。他又要了点酒，往自己的杯子里倒满了。

你就是宝玉吗？晴雯忽然提高了声音，眼睛像剑一样地看着他。

是呵。宝玉说，是呵，我就是宝玉呵。

晴雯记不清自己是什么时候、怎样回到大观园的了。好多人都上来围住了她。她们从她手上拿下了酒。大家说真好呀，真好呀，真的把酒买回来了。大家还问晴雯，下这样大的雪，在外面有没有看到什么呢？有没有什么好玩的事情呢？晴雯就说没有，晴雯说雪下得可真大呵，从来都没有看到过这样大的雪。晴雯记得自己回头望了一眼宝玉。但晴雯觉得有些头晕，她说雪都掉在眼睛里了。真疼呵。

大家就开始喝酒。接着又手拉手跳舞。晴雯说，宝玉呢？大家笑着回答，宝玉在那里呢。宝玉坐在椅子里呢，宝玉在喝酒，宝玉今天也喝多了。

"宝玉，下雪天一群人坐在屋里喝酒，窗外先是灰色的，然后盖了一层白色，然后又是一层，直到后来抬起头觉得仿佛做了一场梦。"

大家又哄的一声笑起来了。说晴雯你都在说什么呀。大家都喝得挺多了，嘻嘻哈哈，跳着闹着很快活。晴雯转了好多圈，头更晕了，脸上也一点一点地红起来。她把那条猩红色的长围巾解了下来，扔到椅子那儿去。走过窗户的时候，她无意中向外望了一眼。

白白的路上，有一个人，只有一个人，他包着长长的围巾，围巾在身后飘呀飘的，像一只大红尾巴的狐狸，奔跑在茫茫的白地。

外面可真亮呵。

晴雯听见，在非常非常遥远的地方，宝玉这样说道。

禁欲时代

我听见从花园里传来的锣鼓喧闹
我看见从黑暗之中燃起了火光

可是我的身体无法移动
这屋子里有鸦片的气味久久不散

身上的衣服纤维断裂
绿如陈年老苔红如少女血色鲜唇

凝结的时间流动的语言
黑色的雾里有隐约的光

可是透过你的双眼会看不清世界
花朵的凋萎在瞬间

而花朵的绽放在昨天

1

我看到景虎来的时候，倒是个好日子。那天真是个好日子，有太阳。后来丫头小红告诉我说，这个礼拜景虎已经是第三次来了。但我不知道，我只知道看到景虎的那天是个好日子，是出太阳的。这个礼拜里只有这一天是出太阳的，前几天，不是下雨，就是有雾。但这天是个好日子。

我正在木格花窗的后面整理壁龛里的插花。我一向是喜欢在壁龛里只插一朵花的，含着苞，刚开了一点，上面还带着些露水。但那天丫头小红忘了我的规矩。她在里面插了一大把的花，足足有七朵。我有些生气。花开得很好，已经不是含苞的了，这或许也是由于天气的缘故。从窗口望出去，可以看到外面的园子。园子里的花也都开了，都是些明亮的色彩。阳光照在上面，照出一些粉色、嫩白。明晃晃的，也是明亮的光的感觉。

我一直都记得那天的阳光。很薄，透明，还有些香气。我记得那天的阳光，其实也就是记得第一次见到景虎的意思。我清楚这个。因为当时那样的对比实在是太强烈了：景虎和阳光。我一下子就怔住了，直到过了很长时间都没法忘记。我没有想到，这其实就是个谶语。

景虎那天穿的是黑色的衣服。或许是深灰，褐色，后来小红还说是紫蓝，但我都不相信。我固执地认为景虎那天穿的是黑色衣服。当时我正在木格花窗的后面整理壁龛里的插花，我在窗口站了一会儿，忽然看到从园子外面走进来一个人。

这个人就是景虎。但当时我还不认识他。这个从园子外面走进来的人长得很高，也不单薄，不太像南方人的样子。更重要的是他身上穿的那件黑色衣服。我并不是说那件黑衣服的本身，而是他穿着它，从外面走进来的时候，我一下子就产生了一种奇怪的幻觉：这个人与那天薄而透明的阳光是没有关系的，与满园子的花香也是没有关系的。他身上的黑色抵挡了它们。

但我没有说。我回头叫了一声小红。

丫头小红探头看了一下。小红尖声说，那是景虎爷呀！隔了两条街，仓米巷里的景虎爷。他是来园子里买花的。这个礼拜，他已经是第三次来买花了。

我从窗口走回来。把桌子上的东西稍稍整理了一下，又走到壁龛前面，把里面开足了的六朵花取出来。我说小红你怎么忘了规矩，一下子就插了七朵花。七朵花是不可以的。只能插一朵。我说小红你记住了吗？你怎么现在老是要忘事，你可一定要记住才好。

小红没说什么。小红那天穿的是一件水绿色的衣服。她在我面前闪了一下，就又出去了。我记得那是种很好看的水绿色，水灵灵的。有些透明。

2

几天以后，我收到景虎请饭的邀请。景虎是个很好的主顾。赴宴、茶酒，与主顾保持亲密而小心的距离，是我们行内的规矩。所以我去了。

景虎很沉默。他把我们安排在一个小亭子里面。还是早春，有点冷。小红穿着很单薄的衣服，站在我的身后，很明显地能够感到她在发抖。我对景虎说，很感谢他买了那么多花。虽然我们的花品种很多，大家都愿意买，但没有人像他买得那样多的。然而景虎仍然很沉默。他微微笑了笑。因为是晚上，月亮不是太好，所以我没有看清。但他那种轻描淡写的做法，还是让我觉得刚才说的话相当愚蠢。

我一直在检视自己的坐姿。我穿了单衫，还有件厚些的外套，仍然感到冷。我听到身后小红牙齿与牙齿打架的声音。很细碎的，像月夜里过街的小动物。我怕自己终于忍不住也会发出这样的声音，所以尽量地使脸上露出微笑，并且不断地夸奖起景虎家的园子来。

菜终于上来了。有人从曲曲弯弯的地方端着过来。我一尝，惊人的鲜美。我注意到小红吃得有点不太像样了。我知道她饿了，而且冷，但是也不应该吃得这样不像样的。她甚至还从嘴里发出了声音。

我问景虎这是什么菜。

是鸽子肉。景虎说。

我又吃了一口。我说这肉好香。不是鸽肉的香，甚至不是一般的香，我说我从来都没有从菜里面吃出过这样的香。

景虎还是没有说话。在月光的影子里面，景虎显得高大而阴暗。我几乎看不清他穿着的衣服的颜色。或许也是由于职业上的习惯，对于色彩，我有着特别的敏感。我认为它们说明了比身体语言更为确切的东西。所以说，看不清景虎衣服的颜色，这事情让我感到有些恐慌。顺便说一句，那天我穿了粉色，略微带点灰色底的，但一看上去就知道是粉色。

我把我粉色的长袖抬起来，又挟了一小块鸽子肉。鸽肉非常滑嫩，还是觉得香，一阵阵的香。从肉的纤维里传达出来，从盘子的边边角角透露过来。

入人骨髓。

景虎仍然来园子里买花。没有人知道景虎为什么要买这么多花。每次景虎来过之后，我的园子里就会显得荒芜一些。当然，这是夸张的话了，但景虎来园子里买花的数量与频率仍然是让人吃惊的。

有时候他也会进来坐一坐。时间长了，渐渐熟起来，景虎也会说上几句。但讲话常常会被隔壁小红的琵琶声打断。她竟然弹得很好，这让我感到惊讶，不忍心让她停下来。有时她甚至还能弹出雨滴的效果。春天的小雨，打在屋檐上。一只猫叫了一声，跑过去了。我有些惘然。我没想到小红居然能弹这样的曲子，这个粗心的经常探头探脑的小红，把花瓶里的花插成七朵的。她竟然弹得这样细腻、忧伤。天晓得我还能从小红的曲子里听出忧伤来。

我不知道景虎对于这样的琵琶声是什么样的看法。他不发表看法。有时候小红进来倒水，然后又飞一样地跑到园子里去，我注意到他会点点头，打个招呼，或者微微一笑。

这些都是不说明问题的。能说明问题的，是我身上的粉色衣服和小红忧伤的琴声。

3

　　我发现小红变漂亮了。腰肢显得很柔软，气色也好。她不大知道有时我正在观察她。她一直是个懵懵懂懂的小丫头，很小的时候，我父母收养了她，从此以后就一直跟着我们家。她可能是个北方的孩子，血液里有着北方孩子的健康与强壮，但在南方待久了，渐渐吸足了水分。她有时候会在园子里发呆，或者大声地笑。这样的举动，在我父母还在世的时候一定是不被允许的。他们会让她到山塘街上去走一走，到沧浪亭边去看一看。看一看别人家的女孩子是怎么样的。

　　我听说有什么地方正在打仗。这些事情都是小红告诉我的。她常去虎丘之类的地方参加一些花市。从那里回来后，她就会告诉我一些新鲜事情。有一天，她像往常一样凑在我身边说话。她的身体离我很近，她的水绿色的长袖子在我眼前晃来晃去，她的嘴角翘起来，有种水果一样的香味。我忽然就觉得小红这丫头变漂亮了。我说不出理由。只是注意到她的身体有一种非常微妙的变化。我一下子就想起了这小丫头春雨样的琴声。忽然心头一惊。

　　那天我做了件卑鄙的事情。

　　每次小红从外面回来，都会去花房那里洗澡。花房里有从园中收拾起来的花瓣，在大的木盆里浸着。花瓣漂在上面。有时候我们是一起去的。我先洗，然后小红用那些芳香四溢的花瓣替我揉搓。我们不大懂得身体，因为从不谈论。我们从来不拿对方的身体开玩笑，一来是身份不同，更多的则是由于其他原因。或许由于有着北方的血液，小红要比我来得丰满。我的身体是隐秘的，瘦弱的，但小红不是。然而，我知道，她对于身体是懵懂的，比我更为懵懂。

我跟在小红的后面。

我知道她去花房了。我跟在她的后面，远远的。我能清晰地听到自己的心跳声。我有犯罪感。然而我快乐。这是我从来都没有享受过的一种快乐。我很想知道，当我不在的时候，小红会有什么样的身体动作。她的光滑的后背，有一种少女所特有的微酸的体味。我有一种窥探的欲望。我想知道另一个女人的身体语言。我想了解她的秘密。

我不知道小红有没有察觉。或许是没有。应该是没有。小红绝不会想到我会干这样的事情。她肯定会莫名其妙，或者张大了嘴巴。小红是健康的。她与阴暗潮湿的江南没有什么直接的关联。她不知道那些窗格阴影后面的秘密。她不知道她春雨一样的琵琶声打在我的心上，会是怎样的一幅景象。她的又忧伤又细腻的琴声。她为景虎弹的。

她不知道她伤了我了。

4

景虎的邀请又来了。这回是在中午。

我和小红走得一前一后。

刚下了场大雨。江南总是这样。在正式的黄梅雨季到来之前，雨天与晴天的更替往往毫无规律。雨天就是晴天。

我问小红："刚下过雨，怎么不带伞呢？"

小红说她忘了。小红说从今天的天色看起来，这雨是阵雨。下一阵就会停的。

我没有说话。我回头看了一眼小红。她穿了双绣花鞋，成色很新。

我笑了笑。

景虎在门口等我们。我们相互做了致意。我相信自己的动作是优雅的，是从小的家庭教养所致。

很久没见了。我对景虎说。然后嫣然一笑。

我们向前跨出步子。景虎走在前面，我中间，小红在最后。景虎有时候会把脚步放慢下来，或者停住，向我们介绍一些四周的景物。因为是白天，并且雨后，草木都显得出奇的干净，甚至还有些细微的温情。景虎的声音也很好听。或许视觉由于光线而得到清晰，我的听觉系统突然变得灵敏起来。弧度适中的笑容是保持在脸上的，耳朵却是警觉的、丑陋的，不要求教养的。

景虎把我们带到一个荷花池边。那是个挺大的荷花池。但我并不惊异。那时候好多江南人家都是如此，物质生活是充裕的，不太需要花费心思。就如同江南调和的风雨与物产。在这个地方，时常可以听到外面的一些信息，比如说打仗，比如说暴乱，甚至于改朝换代，但这些信息一进入本地，就成了一个缓慢的手势。节拍整个改变了，气味，风向，口舌的辨别度。唯有耳朵是警醒的。所以我听到景虎说了这样一句话。

"一直在等着你们来。"景虎说。

那天我们聊了很多话。从任何一个角度来看，我们都是很好的主人与顾客之间的关系。而小红，是我的仆人。或者也可以换句话说，我们亲如姐妹。那天我非常亲热地把小红拉在我的身边。我说：小红，你坐过来。声音出奇的温柔。我们聊了江南的天气。我对景虎说，梅雨天就要来了，有些衣物是要好好地处理一下的。梅雨天只对花木有好处，润泽潮湿，或者有益于湖水里面的鱼虾。

说到这里，我小心翼翼地挑起盆子里的一只白虾，把它放入口中。

吃饭进行得非常愉快。大家都略微喝了点酒。我夸奖了小红脚上的绣花鞋，甚至还赞扬了小红的脸色。我说小红你喝了酒，脸上红扑扑的，真好看。

看得出，小红也被我说得有些受宠若惊。

天晓得那天我是多么地大家闺秀呀。我相信，我说话时正对着景虎的那双眼睛，它们看上去一定是明澈的，不引人联想的。我相信，我说的每一句话、做的每一个动作都是合理的，符合规范的。我相信，它们表现在外面的部分，不存在任何的破绽，不存在任何的通道，可以抵达那些被精心隐藏起来的事物深处。

只有一件事情我仍然感到惊异。

是那些菜。那些景虎精心准备的美味佳肴。我总觉得有些异样的感觉。这异样的感觉来自哪里，我说不清楚。我只是感到香，出人意料的香，不可思议的香。但又不是那种扑鼻的浓香，用种种的香料配制出来的。这香很奇特，如果真要用两个字来形容的话，我只能讲是"清绝"。

我问景虎，我说这菜里面的香让人感到兴味。我说我从来都没有享受过这样的香味，能不能告诉我，这是为什么？

5

这天晚上我没有睡着。对于我来说，睡眠不好倒是常事。特别是到了春天的时候。这天晚上我把小红叫了过来。小红穿了件长长的睡衣，脚上趿着拖鞋。这小丫头睡眼惺忪的，一脸的诧异。

我说小红你拿张凳子坐下来。小红就拿张凳子坐了下来。

我说小红你弹琵琶吧。你的琵琶弹得蛮好的，你现在就弹一曲吧。

小红愣了一下。一边揉眼睛一边说：月亮都沉下去了。已经是下半夜了。

我没有理她。我拿起桌上的一只青瓷杯子，往地上一扔。我的这个动作的幅度很小，几乎可以说是轻盈了。杯子连弧线都没有画，像花瓣落地一样地就掉下去了。杯子落地以后，我把自己的身体向藤椅里靠下去。靠得很慢，很优雅，像眼泪掉落一样的优雅。我看都不看小红，看都不看这个小婊子。

小红给吓坏了。她一点都不知道发生了什么事情。她呆傻一样地看着我。看了一会儿。又俯下身子去捡地上的碎瓷片。然后直起腰，又看了看我，就奔进自己的房间拿她的那把琵琶去了。

窗外正在下雨。屋子里则黑灯瞎火的，我故意没有开灯。两个女人，穿着江南白色的绸缎衣服，就像黑暗里面浮现出来的亮点。我看着小红。小红的白是那种略带青涩的苍白，因为半睡半醒着，刚才又受了些突然的惊惧，她的苍白是自然的，一会儿就能过去的。而我不是。我从房间里的那面大镜子前面走过。我看见镜子里面的那个人，下眼睑是青紫色的，鼻梁的侧面还爬了根青筋。满脸的阴气。

我在小红的面前停下来，说，小红，你知道吗？你是个漂亮的姑娘。特别在你弹琵琶的时候。

我对小红说这句话的时候，从床柜那里拿过那只银色的雕花水烟筒。纸捻是拿在左手上的，然后再把身体倾向旁边的炭火炉。那是我母亲传下来的水烟筒。父亲死后，我就经常看见母亲躺在卧椅上用它。她很少出门，话也不多。她在家里也化很浓的妆。她的脚出奇地小，小而尖。有时候，我会看见这双出奇小的脚在花园里走动。然后，她突然回过头来看我，下眼睑也是青紫色的。

我有些怕她。

小红在弹琵琶。她一边弹，一边发抖。这个小丫头没有抬头看我。她一定害怕我再扔掉一只青瓷杯子，或者别的一点什么。她害怕了，这个小丫头现在害怕了。

我看见烟雾渐渐从我手里的水烟筒里弥漫出来。绕在了屋子里。我看见那只小而尖的脚又从黑暗里伸了出来。白色的脚，用白缎面裹起来的。我听见自己的声音在说，我说小红你看看我，你抬起头看看我，仔细地看，你说老实话，我现在的样子像不像一个鬼。

6

我为小红新定了几条规矩。

第一，以后下雨天不许再弹琵琶。

第二，在秋天以前，不许再穿颜色鲜艳的衣服。

第三，仓米巷的景虎若是再来邀请，一律由她代为参加。

我觉得自己可能是疯了。没有人知道其实我有多么想念景虎。我有多少个夜晚夜不能寐。为了克制自己，我把全身的筋骨都绷得酸痛了。小红或许是能够猜到的。有时候她会突然怯生生地抬头看我一眼，也就是那样一眼。但她不敢多说什么。她什么也不敢说。她知道有些事情是绝对不被允许的。她到江南来了这样长的时间，有些最基本的东西多少也已经掌握了。她知道有些事情被控制在一种巨大的力量之中。谁都无法抗拒。

现在我几乎经常责骂小红。有时候甚至骂得很凶，很难听。有几次，我突然发现自己失态了。我看到小红惊异的眼神。更可怕的是，从惊异的后面，我还看到了怜悯。这是我最最害怕的事情。

有一天下午，小红到虎丘的花市上去了。我会走到那个木格花窗的后面去。我经常会出现幻觉。觉得景虎又来了。景虎来了的时候就会出太阳，景虎来了的时候就是好日子。他甚至还牵起了我的手。他笑眯眯地用他的大手牵住我。他说他是来买花的，买很多很多的花。我说我知道。他摇头，他说你不知道，你其实真的不知道。我也摇头。我说我是都知道的，真的都知道的。

我们就这样说着简简单单的话，景虎温存的大手揽着我，江南明丽的阳光照着我们。接下去，我就醒了。看到小红站在我的面前，告诉我一些花市的最新行情。或者谁也没有来，太阳还是那样暖洋洋地、简简单单地照着。

7

这个春天快要结束的时候，我又一次见到了景虎。

我们是在花园的小径上不期而遇的。先是景虎停住了脚步。然后是我。

我发现景虎瘦了。非但瘦，而且看上去还相当疲倦。我还发现，在他看我的眼神里面，有着一种细微的震动。我把这理解为我的苍白。隔夜我刚抽了两筒，这几乎已经成为我近日的习惯。我躺在榻上抽着的时候就会产生幻觉，这和我站在木格花窗后面时是一样的。我就那样躺着，听见小红走过来，走过去；听见花园里隐隐约约有花开的声音；听见母亲坐到我的旁边，言辞细密地对我说一些话；听见街上的市声，然后"啪"地一下，非常尖利刺耳的声音，然后父亲就倒了下去。血从他的身体里流出来。

非常陌生的一种液体。

母亲从来没对我说过父亲真正的死因。对于我来说，这一直是个谜。就像江南的很多事情，有着雾般的质地。就像血的某种性质：黏稠的，不仅仅是液体的。我不知道江南的孩子是否都会有我类似的经历，或者脾性。我躺在榻上抽着的时候，幻觉着的时候，心里倒是清楚的。我知道有些事情已经整个改变了我，或者说是塑造了我：雨，花事，还有飘摇不定的父亲之死。我知道我是脆弱的。我知道我所有的坚强只是为了一个同样的目的，一个极为简单的目的：

掩饰我的脆弱。

我和景虎都停下了脚步。就在这时，我的甜蜜的微笑，我的优雅的举止，又非常恰如其分地回到了我的脸上。

是我先开口说了话。

"很久没见了呵。景虎爷。"

说这话的时候，我的明媚的笑脸迎向了景虎。说这话的时候，我快乐地想象着自己的身世：一个江南殷实人家的小姐，生活是明媚的。她的父母在世的时候曾经非常恩爱（至少在孩子们面前是这样）。她不太知道外面的事情。因为规则，所以安全。

景虎抬起眼睛看了我一眼。

"你瘦了。"景虎说。

我把手放在自己的脸颊上。我尽量显出一种俏皮的模样来。我说，是吗？真的是瘦了吗？我说那全是因为很长时间没有享用到景虎爷府上美味的缘故呵。

景虎好像要说什么话。他停顿了一下。但终于还是没有说。

我们在花园小径上慢慢走了起来。景虎问了我一些事情。我全都一一作答。作为一个年轻的女子，我只有三件事情是难以向景虎启齿的：父亲的死、鸦片对我的吸引力，以及我对景虎隐秘而又强烈的情感。我小心地非常有分寸地回避着这些问题。我甚至还反问了景虎一些事情。我说外面是什么样的？景虎就问：什么外面？我说就是没有那么多花的地方，也没有这种园子，五六月份的雨季不会很长。就是那样的地方。景虎想了想。景虎说他也讲不清楚这些事情。景虎说不过外面终归是个会让你感到陌生的地方，景虎又看了我一眼，突然说了这样一句话：

比如说，不可能在这里又遇见你。

我不得不承认，那天见到景虎之后，我感到了一种莫名的兴奋。我甚至还在园子里跑起来了。我顺手摘了好些花，拿在手上，又使劲地把它们揉碎。我看见小红偷偷地在窗帘后面看我。这个小丫头近来变得有些忧郁，话也少了，有时候晚上还会自己爬起来弹一曲琵琶。她现在好像既有点怕我，又盼望着能与我接近。我看见她躲在窗后，把窗帘掀起一个角。

以前她是不会这么干的。以前她会尖声地大叫起来，风一样地冲到我的面前。现在她不这样干了。

我在园子里的一块假山石上坐了一会儿。我手里那些揉碎的花瓣被风吹到了地上，又飘起来，散落到别处。

我想我刚才是可以走上去的。走上去对景虎说一些话。一些明确的话。这样有些事情或许就会变得简单了。非常的简单。但我不能。在我的心里，与其说景虎是一种陌生的我无法把握的东西，还不如讲，我恐惧于自己对景虎的那种感觉：那才是我真正陌生的东西，那才是我真正恐惧的东西。与生俱来的恐惧。对于温柔的、不能确定之事的恐惧。就像恐惧于从父亲身体里流出来的那种陌生的液体。

我必须保护自己。

接下来的事情是无意之中发生的。因为风中飘飞的柳絮与杨花，我把揉捏花瓣的那只手伸到了鼻尖下面。或许因为那些花瓣在我手上多时，我忽然感到了一种奇异的浓香。不可思议的香，出人意料的香。更可怕的是：我猛地想起了这香味似曾相识的去处——

景虎的晚宴。景虎的那些奇特的浓香的菜肴！

天呐。他爱我。从一开始！

8

这天晚上，我做了两个梦。

在第一个梦里，我见到了父亲。

开始时他是背对着我的，后来就转过身来了。他问我：

你过得好吗？

即使在梦里，天上仍然还在下雨。这时，小红奔过来了，穿着她的那件水绿色的衣衫。雨把她的衣服打湿了，这使她看上去有点像一种哀怨的动物。接着我就看到了景虎。景虎紧紧地跟在小红的后面……

我紧张地看着他们。雨落在我的头上、身上，全淋湿了，使我更像一棵忧伤的植物。

你过得好吗？父亲在我的耳边问我。

我摇着头。我紧张地看着面前的两个人。我使劲地摇着头。我顺手在旁边的泥地里摘了一朵花。艳紫色的。花瓣上有粉金的斑点。

这是一种毒花，剧毒。我清楚这个。

就在这时，我忽然看到父亲从我面前倒了下去。突然地倒了下去。还有血。血从他的身体里清晰地流了出来。

我大叫一声。我看到了那把刀。那把让我父亲致死的刀正是握在了景虎的手里！

这第一个梦让我大哭着醒了过来。直到接近凌晨的时候我才再度入睡。这一次眼前的一切全是灰蒙蒙的。看不太真切。等到看真切了，忽然又觉得有些似曾相识：

他取了帽子出门。向那小厮道：待会儿请你对上头说一声，改天我再面谢吧。他穿过砖砌的天井，院子正中生着树，一树的枯枝高高印在淡青的天上，像瓷上的冰纹。

她静静地跟在后面送了出来。她的藏青长袖旗袍上有着浅黄的雏菊。她两手交握着，脸上现出稀有的柔和。他回过身来道了再见。她隔得远远地站定了，只是垂着头。

他微微鞠了一躬，转身就走了。她觉得她是隔了相当的距离看这太阳里的庭院。从高楼上望下来，明晰，亲切，然而没有能力干涉。

在蒙眬的睡眼里，我已经渐渐清晰了"他"与"她"真正的面目。我知道，在我隐秘的胆怯的内心世界里，他们其实就是景虎与我的代称。我不明白，为什么在这样一个心迹渐明的日子里，我竟然还会产生这种可怕而又无奈的梦境。如果说真要寻找什么理由的话，或许就是那些雨水的质感与分量——它们其实早已经把我浸泡了，打弯了，改变了。

早就是这样了。

乱

伴狂本亦狂

痴狂亦须伴

不伴又不狂

如何哭悲凉

如何诉荒唐

——对于秩序的一种解释

周冲穿着白衣服

周冲从客厅那头走过来。

或许，他正想穿越客厅，也可能他刚走到房间中央就停住
了（一只深色沙发。旁边是矮几，放着白瓷盆）。窗帘下面，
阴影成为色块。这样就更加突出了两件东西：白色的瓷盆，瓷

盆里暗绿浓炽的茑萝叶。如果有一个人，如果这个人在这样的时候，他孤零零地从这间大客厅里走过（窗帘很厚，下着，天气真闷热呵），他看到这些白盆子、绿叶子，其实还是会联想起其他一些东西的，比如说：窗外的天气。黄梅天。隐约闻到的院子里茉莉花的香味。还有那些花格漏窗。或许，他还会突然发现：这些东西竟然也是这样，也是暗绿而浓炽的。

周冲像在找什么东西。确实的目标是无法认定的，但手的姿势、身体的形态说明了一些问题。他显得很着急。更重要的是：很显然，他还没有学会掩饰这种着急。几个仆人走过，站定了，回答了几个问题，就又走开。在早晨的周公馆，这种仆人是随处可见的。诚实，富有礼貌，身穿统一的服装，让人联想起类似于秩序、严谨、干净这样的词语。像影子与植物，他们布局在周公馆的每一个角落，站定了，准备回答每一个能够回答的问题。

但周冲显然在找什么东西。他从大客厅一直走到后花园，然后再走回来。在这个过程中，他遇见了他的母亲、他的哥哥，还看到了他父亲的背影。他们都站下来，看着他，和他说话。

他们说：天真闷热呵。

天确实是闷热的。有些光线透过厚窗帘，落在了客厅的地板上，有种磨光的效果（一种淡蓝与白的混杂）。地板上也有水汽，墙上，花园里，白瓷盆的边缘。有个仆人告诉周冲说：
是黄梅天了。二少爷。

所有的人都在黄梅天的周公馆里慢慢走动着（或者静止），至少表面上看起来是这样。只有周冲不是。况且，今天的周冲还穿了一件白衣服，非常晃眼的白色。他在客厅、花园、走道、房间之间来回走动，他甚至还奔跑起来了。就在他奔跑的时候，有人拿着厨房开出的菜单去问他的母亲：

　　太太，中午的菜请过目一下。

　　太太的回答很慢，太太看菜单的时候，那神情也是缓慢的，甚至可以怀疑：她究竟有没有在看。她挥了挥手。是照旧的意思。要知道，周公馆的午餐一向是非常考究的。全家人围着餐桌，总是围桌而坐。坐的秩序也是固定的：老爷坐在正中，左边是太太，右边是大儿子周萍，周萍的旁边则是二儿子周冲。有时候，老爷会有客，老爷有客的时候，午餐常常推迟，会客室的门也是掩上的。老爷有时留客吃饭，有时不留。但不管怎样，午餐总是丰富而具规则。每个人的面前放着白色绣花的餐巾，仆人们站在后面，弓着四十五度的背。老爷吃了一会儿，经常会忽然想起什么，停下手中的碗筷，转过头对周冲说：

　　小孩子还是要多吃些蔬菜，总吃荤是不好的。不要总像你的母亲。

　　说完这句话，他会很快地看一看身边的繁漪。至于周萍，老爷倒是并不很担心。周萍已经形成了很好的饮食习惯，他的荤素搭配得很好，量也有所控制。并且，在吃饭的时候，周萍就像老爷一样讲究礼仪。看上去很像一个上等人。

　　吃午饭的时候，总是能让老爷生出许多感慨：一家人围坐在一起。阳光灿烂。先上了一道开胃的汤，然后是冷菜，几盘爱吃的小炒。最后是水果。只是有时候，透过餐厅开着的窗户，他能看到对面大客厅被风翻卷起来的窗帘：

谁又把客厅的窗打开来了！

没有人回答这样的问话。因为无须回答。总是有仆人飞快地奔跑过去，把窗关上，再把厚窗帘拉起来。或者根本就不用这样，客厅的长窗那里通常也会站着一两个仆人（统一的姿势。手的摆法。面部肌肉的走向）。在平常的那些时候，人们往往无法看到他们，但是，就像植物一样，在雨的预感里，他们飞快地伸出触须，向确定的、富有规则与方向的地方伸去。

有时候，繁漪会把手里的碗放下来。她说她已经吃好了（看不出脸上有什么表情），因为已经吃好了，所以她现在就想上楼去。

没有人说话。眼睛看着放在自己面前的盆子、碗筷和汤匙。盆子里装的是汤，汤里面富含维生素和营养物质。颜色有些发红。蔬菜则是正常的绿色，让人想起白瓷盆里的莴萝叶（对比过于鲜明的物质。意外，如同从高处坠落。让人感到忧伤）。还有那些水果，饱满、多汁，那样圆、那样美、那样没有一丝虫蚀的水果呵！

她从椅子上站起来，跨出一只脚。

你应该再吃一点。你今天吃得很少。一个当母亲的——

脚还在向前面跨着。黑丝绒的旗袍，在跨动时闪出一些光泽。光泽与光泽如果联结在一起，就是白色了，就是奔跑了。

但现在不是。

只有把饭吃好了，吃药才会有效果。你不是小孩子了，应该懂得这个道理。

脚还在往前面走。但是方向走错了。如果这样走下去，前面就是后花园。几天以前，老爷还在讲起后花园里的茉莉花。老爷说：茉莉花又开了。大家说，是的，茉莉花开了。茉莉花总是在这个季节按时开放。不论白天黑夜，它们开出白色的花。一年之中，每到这样的日子，周公馆里总是充满了茉莉花的香味。仆人们在香味与花色之间行进着。小心翼翼。

"老爷是喜欢茉莉花的。"大家这样窃窃私语，眼梢里看见太太繁漪手里拿了把扇子，从屋子里走出来。

"她觉得屋里闷热。她总是这样觉得。她对我们说：开窗。她总是要开窗，有时候，直到很晚，她房里的窗也还开着。"

"从那里可以看见花园。从开着的窗那里。但是下雨的时候，雨会把窗前的一整片地板都打湿。特别是到了黄梅天。要么下雨，下个不停。要么就是闷热，要把窗开着，一直开着……"

这时大少爷周萍恰恰好从另一个门里出来。

他抬头看了看天，可能忽然看到什么了，也可能并没有任何特别的事物让他留神。他止住脚步，停顿了一下（由于这种稍作犹疑、又没有紧接着下去的动作在他身上出现得过于频繁，所以说，几乎谁都没有注意到这个瞬间）。倒是太太繁漪走了过去。在一片绿叶子、小白花、黄梅天阴沉灰红的背景下，两个人影出现在那里。彼此问了好，其中一个还略略欠了欠身。因为距离间隔很远，所以确切的问候听不清楚，但是可以断定，说的话都是体面的，是属于上等人的：明确，简练，具有清晰明朗的质感，足以让那些远远窥望着的人们不动声色地继续他们的谈话：

"黄梅天真是很闷热的。"

"是呵。是呵。"他们这样说道。

老爷的上午生活

一般来说，上午的大客厅里没有什么人。

老爷通常起得都很早，他从自己的卧房里出来，穿着缎子睡袍，走下长长的楼梯。许多类似于周公馆的建筑其实都有相差不多的结构。楼上是卧房，走道曲折，墙壁上嵌着漏窗。木格雕花。楼梯总是很长，并且落差极大。站在这样的楼梯上面，具有一种鲜明的俯视效果。一楼则是大客厅、小客厅、餐室、书房等不具有私密性的空间，挂着悬垂感很好的落地窗帘。每天早上，老爷走下楼梯后，首先会在大客厅里坐一坐，这样的时候，大家心里都明白，那是不能去打扰的。

老爷需要一个人坐一坐。现在大家都知道这回事了。现在大家都知道：有些事情无须询问，只须遵守。比如说，等老爷坐下后，泡上一杯浓绿的碧螺新茶。把窗帘拉好。然后就退出去，退到很远的地方去，走廊、花园或者草地。这样大客厅里就只剩下老爷了。太太繁漪总是要到很晚才会下楼，大少爷周萍倒是不很确定，有时他也会起早，但是路过客厅的时候经常会被老爷叫住：

怎么又是脸色苍白的！

要知道，老爷是不允许这个的。这种荒唐的事情，老爷可不愿意它在周公馆里发生。老爷制定过很多明确的规则，都是让人上进的，为了大家好的。可是经常有人不加以遵守。所以说，老爷也总是有许多烦心事。就像现在，他看着双手垂直、站在面前的周萍，皱起了眉头来：要懂得约束自己。接下去老爷还会说很多话，生意上的事情。矿区的事务。还有，少到那些跳舞厅去荒唐！不管怎样，不管老爷都说了些什么样的话，看得出来，周萍还是听了（脸上的肌肉有些细微的动作），这样就好，听了就好。走吧，干你自己的事情去吧。

上午的大客厅是有些孤单的，聚不成多少人气。团聚的中午的餐饭还没有到来，就连老爷看上去也缺少些如同他往日的力度。他的力量好像在什么地方涣散了，顺着一条直线（有光的所在）流失了一部分。他一个人坐在那里，孤零零的（像光一样的瞬间）。然而，不管怎样，不管上午的大客厅是如何冷清（零落的脚步声，由近到远），这样的所在毕竟是真实的。触摸，可视。坐在这里，闻见花园里的茉莉花香，看见穿蓝短袄的丫头四凤在花丛之间走动、采摘，无论如何都是不会相信周公馆里流传着的那些荒唐话的。

都说周公馆里有鬼。到了晚上，在大客厅里就会闹鬼。话说得有模有样：一个男鬼，一个女鬼。男鬼穿着蓝色的衣服，女鬼则是黑色。两个鬼坐在客厅的沙发上说话。那个男鬼说着说着就哭了。后来女鬼也哭。没有人知道他们在说什么，但是很多人都在说：大客厅里到了晚上就会闹鬼。这在周公馆里是一个公开的秘密。只有老爷是不知道这个的，其中的原因或许有这样两个：第一，老爷每天睡觉都很准时，老爷注重养生，知道怡和的心境与定时的睡眠有关；第二，老爷不相信在周公馆里会有闹鬼这回事。你即使告诉了老爷，他也不会相信。因为老爷熟悉周公馆每一个最为细微的角落，周公馆的每个部分都在老爷的控制之下。它们逃不脱老爷的手掌心。况且，在白天，在这样的周公馆里，又怎么能想见闹鬼这样的事情呵！

老爷，早上好！

太太的药已经煎好了，照您昨天的吩咐。

大少爷一早就出去了。是的，他说了，他说中午会回来吃饭。他带了伞，是的，他带了伞出去了。老爷。

茉莉花开得很好呢，比往年都好。花园里到处都是茉莉花香，一出房门就能闻到了。老爷。

这样老爷就都知道了。老爷想知道的就都知道了。老爷在大客厅里再坐一会儿，喝点茶，就要去处理一些具体的事务。会客室已经整理好了，等着见老爷的客人也已经恭候在那里。

老爷真正的上午生活就要开始了。

鬼话（在回忆中）

"花园里的茉莉花开了。"

这是一个年轻男人的声音。因为在晚上，一间灯光昏暗的大屋子里，这声音显得有些单薄、无助（但至少，声音本身是纯粹的）。

屋里有许多用植物做成的摆设，早已不按照原先的方式生长了，只是枝叶的颜色、气味还在说明着：它是一种植物。但不管怎样，看起来，这里白天还是热闹的。矮桌上的杯子说明了一些问题。烟头。几张摊开的报纸，其中一张被揉成一团，扔在旁边。

年轻男人正对一个斜靠在沙发上的女人说，花园里的茉莉花开了。然而，很显然，他们并不有意于谈论这个。因为女人没有接着他的话说下去，她的头沉着，看上去有些伤心。突然，她有些冲动地站了起来，拉住年轻男人的手，高声地说着什么。

年轻男人害怕了。他惊慌地四下张望着。并且把自己的手从她的手里奋力挣脱出来。

女人身上的力好像突然用尽了。消沉了下来。又斜靠在沙发上。头也沉下来了。

年轻男人在大屋子里踱着步。边踱着步边抽烟。这样，被动地聚集起来的力（也可能本身就具有）也渐渐退下去了（但是抽烟的手在发抖）。

就像下棋一样，或者战争。第一个回合结束了。

昨天你很晚才睡。我在花园里看到你房间的灯一直亮着。

年轻男人又说话了。他在女人对面的一张沙发上坐了下来。适度的距离感使他看上去略微定心了些。他的声音正常了，但是手还在发抖。

昨晚天气很闷热。

可能给刚才突然的动作耗尽了气力，女人过了很久，才又启口说话。她的声音显得有些沙哑。带着点哭音。但如果在白天听来，这声音很可能被理解成完全不同的另一种意义：漠然，权威，甚至于：冷酷。

天气闷热得让人睡不着觉。

女人一边说，一边很快地抬头看了年轻男人一眼：

在这样的屋子里，是要闷死人的。（她说这句话时语速慢了许多，让人敏感到，她这样说，其实就是想要让他听的，这句话就是讲给他听的。）

他听到了。甚至也懂得了。浑身都抖动了一下。

她继续往下说：我一直以为昨晚会下雨。这样闷热的天。我在窗口站着，站了很长时间。但是你一直没来——

他好像又给吓着了。抬头向黑洞洞的门口看了看。他朝她摆摆手，示意她换一种方式继续谈话，他几乎有点想站起来逃走了。可真是狼狈不堪。

女人又站起来了。这一回正处在昏暗灯光的笼罩下，可以清楚地看到：她穿的是一身黑色旗袍。她说话的声音，倒是还可以与这种颜色相符，但是身体的姿态、面部的红润、眼睛的光芒，却怎么都无法吻合了，她还用力撕扯着身上那件旗袍的领子（中式衣服就是这样，领圈高高的，箍着脖子。所以说，穿这种衣服，端庄温文的仪态总还是可以保持的）：

你是知道的！你知道在这个家里，我是无论如何过不下去了，这个家……过于激动的缘故，她说不下去了。但是眼睛急切地看着他。

他用两只手捧住头。这个动作坚持了很长时间，既没有站起身逃走，也没能抬头做一种明确的表示。但这种僵持的过程终于溃散了。身体起了波动，显出柔软来了（身体形状的改变再清楚不过地说明了问题，不需要过多的语言来解释了）。

能感觉出一道伤口。

这伤口在空气里舒展开来。终于舒展开来了。多少让人舒了一口气（坚持不下去，意志力没了）。

他在哭。终于哭出来了。

这个过程是谁都料想不到的。虽然他的手一直在发抖，浑身都在发抖，哭泣总是遥远的事情。其实倒是她一直情绪激昂，大家都会同情她，可怜她，但谁都不会去体谅他的害怕（那可是真的害怕），还有那种游荡在他身上的、被强制地压抑下去的力量。

"他们发现了。"他说。他一边说着，肩膀的局部还在抖动。

她不回答他。她甚至由于他的伤口的舒展而感到了一丝欣慰。

"这样也好。"她说。

"可是，可是——"

他的双手又捧住了头，说不下去了。

要知道，他现在的脸色可真是煞白，要是有人看到这样苍白的脸色，是一定会心生恻隐的：一个脸色煞白的人，只会存在两种与"力量"之间的联系：毫无力量，或者，刚刚萌生的力量被一种更为巨大的外力打败了。坚持了一会儿，终于坚持不下去，溃散了。

黑

丫头四凤在花园里晾晒衣服的时候，太太繁漪叫住了她。

四凤，你过来。太太说。

四凤把手上沾着的水朝围裙上抹了抹。

是的，太太。四凤说。

花园里开着一些花。除了茉莉，还有其他的一些。但在这个季节里，茉莉是最出色的。丫头四凤向太太繁漪走去的时候，花园里就充满了这种花的香味。况且，又是中午（一天中日光最强烈的时光），所以说，这情境还是温馨的。甚至还有一只蝴蝶飞过来，在繁漪的黑色旗袍上停了一会儿，然后又飞走了。

你在晾衣服。

太太看着四凤。声音是直接的，眼光也是直接的。

是的，太太。四凤的手还在围裙上抹。其实手上早就已经干了。

可能要下雨了。

太太的眼睛看着四凤背后的天空。

是的，太太，看上去真的就要下雨了。是这样的，太太。

知道要下雨，你还往外晾衣服！

看上去太太有些生气了。因为说这话的时候，不知道是因为闷热，还是生气，太太用手松了松旗袍的领子。太太的脸也有些涨红了。

可是，可是黄梅天不知道什么时候就要下雨的。太太。

四凤的声音小得像一根线：有时候出会儿太阳又下会儿雨，或者看上去要下雨却一直出着太阳。黄梅天的天气是说不准的。太太。

因为着急着为自己分辩，四凤把这些话说得很快，但声音仍然是小的，小得像一根游丝。

太太沉默了一会儿。不说话，抬头望了望天上。

大少爷到哪里去了？

太太突然别转脸，直盯着四凤，问道。

我不清楚，太太。

四凤的脸一下子红了。红得一点都没有理由。在这样的时候突然脸红是危险的，至少，对于她的回答就很难相信了。或者脸红，或者说真话，这两者总得要有所取舍。

现在是太太不说话了。仍然直盯着四凤（太太的脸也红了。与四凤不一样，它来自于一种内在的力量）。

我真的不清楚，我看到老爷、太太和大少爷、二少爷一起吃饭，后来我就不知道了。我一直在花园里洗衣服。我真的不知道大少爷到哪里去了，太太。

四凤几乎要哭出来了。蝴蝶还在花园里飞，在茉莉花蕊上飞，在四凤的头顶上飞，但站在花园里晾晒衣服的四凤几乎就要哭出来了。

那次著名的日食就是在这时突然降临的。就在她们说话的时候，在太太用手松着黑色旗袍领子的时候，在四凤几乎就要哭出来的时候——

天突然全黑了。

太太抬起头来，望着天上。天黑了。太太说。

四凤也抬起头来，望着天上。天怎么会黑的呀。四凤说。

那只蝴蝶还在她们头上飞，可能已经换了一只了，但在这样黑的天空下面，蝴蝶与蝴蝶是没有分别的。天就这样全黑了，太阳给罩住了，没有什么声息。因为颜色的消失，声音突显了出来。能听到蝴蝶翅膀的扇动声。远处周公馆那座建筑的哪扇窗玻璃碎了，从高处落下来。这些声音都带有一种金色的效果，或者就是大面积的色差，晃动，跳跃。气味也是明显的，茉莉、湿腥气，还有些其他的东西，都因为天色的突然变黑而凸现了，放大了，变形了。

四凤把手伸出来，能看出手的形状，但颜色是黑的。在这种模糊的光线下面，只能依靠另外的方式来辨别她与太太繁漪之间的距离。如果说再把这只手伸出去，再伸远些，或许她的就能触到她的了，在这种很难让人相信，并且变幻莫测的天气里，这样的触摸毕竟是可视的，实在的。但天太黑了，这样突然降临的黑色，难免是会让人感到孤单的，力量太小了，被控制住了，不想改变了。

　　"四凤。"太太说。
　　"是的，太太。"四凤回答道。

药

　　因为太太病了。所以老爷让下人为她熬药。

　　"繁漪，药吃了没有？"
　　这是下午老爷看到太太后问的第一句话。周公馆的下午常常就在这样的问话声中准时开始。有时候老爷也会问下人："太太吃药了吗？"得到的回答有时候肯定，有时候否定。大家都知道老爷非常关心太太，让太太按时、定量吃药是老爷一天生活中极为重要的一环。因为有病，所以要吃药。这是连小孩子都懂得的道理。这些连小孩子都懂得的道理就是周公馆的规则，老爷制定了这些规则，只要大家都认真地加以遵守，周公馆就会成为一个安静、有秩序，并且事事都井井有条的地方——

比如说，这些日子，太太经常会脸色苍白，头晕心悸，还在孩子们面前说一些不很成体统的话，做一些不很成体统的事情。有一次，一个下人就看见她站在花园里，天上下着雨，好好儿的，不进屋，却站在那里淋雨，天晓得是怎么回事。后来太太甚至在雨里跑起来了，从花园的这边一直跑到那一边。据说太太还曾经把一整把的茉莉花扯得粉碎，说什么茉莉花的香味都快要把她熏死了！

这样的事情都是让人感到莫名其妙的，非但老爷生气，下人们还会在背后偷偷耻笑。然而，不管怎么说，老爷的思路总是清晰的，老爷已经说过了：

太太病了。太太现在需要吃药。

所以说，现在每天都有下人为太太熬好一壶药。倒出来，有时候一碗，有时候两碗。但是药很苦，太太不想喝。太太总是说她并没有病，但是老爷不相信。老爷说：有病的人常常说自己没病，但是外面的人看得很清楚。老爷就是这样说的。老爷穿着深色长衫走进大客厅，孩子们都在，繁漪也在。周萍穿着蓝衣服，周冲穿着白衣服，繁漪穿着黑衣服。丫头四凤则穿了件蓝底小白花的短袄。在这个巨大的客厅里，蓝底小白花是一种单薄的颜色。有点像一只小花蝴蝶，被风一吹，就从这里飞到了那里。

就在这时，老爷张开了嘴巴。

然而，奇怪的事情发生了，因为并没有人听到从老爷嘴里发出的声音，虽然老爷站在大客厅的中央，嘴形不断更改、变换，客厅却依然是沉寂的。甚至更沉寂了。所有的人都静止着动作，只有老爷的嘴巴在张合、开闭。老爷一边说话，一边走动。而客厅里其他的人则像尘埃一样，落定下来了。甚至他们的姿势也是落定的，姿势，眼神，动态，都具有一种令人心寒的黏和度，在这个很短的瞬间里，冷却了，饱和了，死去了。

现在，老爷终于停止了那种无声的说话方式。他走向放着药碗的矮几，并且朝那里看了看。紧接下来的事情，则更有些让人感到无可理喻。老爷忽然向大少爷周萍走去，老爷用手指指自己身上穿着的深色长衫。老爷说话了。老爷的意思是说，要把自己的衣服和周萍的对换一下，让周萍穿上这件深色长衫，然后走到他的母亲那里去——

劝导她，恳求她，让她吃了这碗药。

穿了老爷衣服的周萍就不是周萍了。穿了老爷衣服的周萍也不是老爷。这个穿深色长衫的年轻男人现在正向老爷指定的目标走去。他蒙在老爷的衣服下面，有些不堪重负的意思，走路也有些摇晃，可能感到虚弱了，都快要发抖了。

请您把药吃了。他对她说。

她抬起头。忽然，她笑起来了，她只是笑，却不说话，她就那样笑着，这样长的时间里，她还真是很少笑成这样的，笑得眉眼都有些弯起来了。

您不知道自己有病吗？

他的声音有些怯生生的，就像淹没在这件不很合身的衣衫下的身体。

她还在笑。但听他这样一说，却忽然停下来了：

这房子里就要闷死人了。已经死了人了，我看到的。

您在说什么？我一点都不知道您在说些什么。我听不懂。

他其实是听懂了。明明听懂了却要说听不懂，他自己也觉得很累。他走过去，把矮几上的药碗拿在手里。已经很长时间了，药早就凉了，凉了的药会格外苦些，但总得要吃下去，既然父亲这样说了，既然已经穿了父亲的衣服，就只有这样了，不可能再存在其他的方式。

他手里捧着药。那样的孤独。

他真的希望她能把药吃了。如果是他，他是会吃的。如果允许，他甚至可以替她吃了药。虽然药很苦，但吃掉一碗药毕竟不是非常困难的事情。有些时候并不是因为真的有病才吃药，就像哭着的时候也可以笑一样。总会有些其他的东西。有些话其实都是假的，都是别人家的杜撰与演绎，比如说，外面总有人传说，说老爷让他劝母亲吃药，母亲不肯吃，老爷便恶狠狠地说：

"跪下，对着你的母亲跪下。"

这根本就是没有的事情。老爷从来就不会用这样的方式说话。老爷甚至也会觉得很累，老是穿着那件深色的长衫，免不了是会产生这种感觉的，所以老爷会提出和他调换一下衣服，让穿着这件衣服的人去说他该说的话，做他该做的事情。这其实也是衣服的事情，穿上了，便身不由己。这样的感受，就是他现在——手里捧着药站在大厅中央的感受：他说出来的所有的话都是这样的，不管是他真的想说，还是不得不说。现在他终于发现，这或许正是一件具有魔力的衣衫，因为他已经无法管束自己张开的嘴巴和闭拢的唇舌，有一些另外的巨大的力量，正牢牢地控制着它们……

这天下午，周公馆里到处都在传说这样一件事情：老爷让大少爷周萍劝太太繁漪吃药。太太不肯吃。最后大少爷站在客厅的中央，把手里的那碗药吃了。大家都觉得这事情有些蹊跷。还有人说，大少爷吃完药后，用手蒙住自己的眼睛，哭了起来。如果真是这样，那就更加蹊跷了。

所以大家想了想，决定还是说：不知道。是的：

不知道。不知道。不知道。

空宅

周公馆其实是座非常高大的建筑。虽然在以前，已经有很多人对它进行过描述，但多少总是细微而局部的，比如说，客厅里突然出现的阴影。花园里神秘的茉莉花香。鬼。蝴蝶。甚至一碗由火焰状叶片熬成、散发奇异气味的汤药。相对来讲，这总是比较容易的事情，谈论些琐事，局部的明亮的色彩。重大的事情倒是常常无法言说，但偶然的，情况也会发生一些变化。就像有时候，人们做梦，梦回故土，在联结外界与家园的铁栅栏面前，他们突然获得一种超人的力量。翻墙而入。越过小径，穿过草坪，野草长得很高，花也在疯长，蝴蝶更是巨大的。最终，当他们来到昔日的宅院前面，终于惊讶地发现：

眼前出现的是一座废墟。

在这样的梦境里，周公馆只是一座空宅。人们无法接近它。那些巨大的阴影、线条、拱顶、立面，全都高高矗立。而人们则站立其外。大家围着空宅转了一圈，就开始说话。

这就是周公馆呵。
是的。周公馆。
真高呵。
是的，很高。
花园在哪里呢？
花园总是在后面的。花园总在后面。穿过客厅就是了。
看不到客厅。
是的，站在房子的这一面，是看不到客厅的。看不到。

说着说着，大家都觉得这房子的构造非常合理。安全，和谐，理智，默契。这样就好了，大家觉得放心，就这样说道。然而，就在这时，不知是谁又提起那桩陈年旧事，说很久以前周公馆里到处都在传说的一件事情：老爷让大少爷周萍劝太太繁漪吃药。太太不吃，后来大少爷一边哭一边把药吃了。这件事不知道是谁讲的，但是讲完以后，大家就都有些不高兴了：

"这太离奇了。"大家说。大家转身又看看那座高大的空房子，阴影、线条、拱顶、立面，渐渐地也觉得离奇，有些反感了，他们感到不理解它，也不打算理解了，便不想再看它，转过身，走掉了。

十五中

十五中其实是所再普通不过的学校。它属于那种三年制初中，就近按地段入学，不是尖子学校，但也不很蹩脚。每年录取新生的时候，家长带了坐在自行车后面的孩子进去报到，心里很难说能有什么惊喜，但反过来，好像也没有什么特别不高兴的地方。他们没有多少表情的眼睛看了一眼挂在门上的校牌，想着一个与他们本身有些关系的问题：时间过得真快呵，连孩子都上初中了。然后他们便抬抬手，把自行车的车轮推过学校的门槛，走了进去。

十五中是给那些最为正常、最为普遍的孩子准备的。他们暂时还看不出有什么过人的才能，成绩也平平，倒是有些虚度光阴、得过且过的意思，但偶尔，他们身上也会有令人刮目的事情发生，比如说，在劳动技术课时，制作出了一只美妙绝伦的蝴蝶标本，它在全市性的展示会上压倒了所有重点学校的学生；又比如说，一只小猫不知被谁放在了课桌里，它在孩子们上课时安静地睡觉，到了第二天，又有人带了只小公猫来，它就被放在那只小母猫的旁边。诸如此类的事情，接二连三地会在十五中发生。孩子都是些聪明的孩子，也富有想象力。这点老师是知道的，但毕竟是雕虫小技，不是正途，不像那些重点中学的学生，照着眼前的路走下去，一直走下去就行了，而十五中升入重点高中的比例相当之小，绝大多数学生被录取到其他一些学校，各色的技术类型，专业分工，充斥了社会的各个领域。到那个时候，反过头来，十五中就有点像俗话中说的那种必经之路，因为要走路，所以就走了，至于最终走到哪里，却暂时没有人知道。

这些孩子的今后是叵测的，有点像一个谜。每当十五中的老师们想到这里，眼光便会变得忧郁起来。谁知道这些孩子以后的事情呵。他们这样想到。

正因为十五中这种较为特殊的性质，十五中的时光里便有些闲暇的类似于光明的东西。草地是很好的草地，太阳照上去就像镰刀的锋芒，但到了秋后，沾上露水，被下课时从教室跑出来的学生一屁股坐上去，裤子上便会留下青涩而又深浅不一的印痕。阿三的一条灰色卡其裤上就有一摊这样的青草印。阿三是十五中的女学生，因为是个再普通不过的女孩子，所以她的名字就被叫作了阿三。

十五中在市中心旁边的一条僻巷里，要是穿越闹市向它走去，一路就需要经过酱油店、杂货铺、提供摩托车配件的小店，以及一两家外墙用红色油漆写着"旅社"，二楼的窗门却半开半闭、神色很有些暧昧的私家旅店。十五中的老师经常感慨，学校办在这种地方是搞不好的，"不正气"——他们想不出太多其他的词语，就接着还说，"不正气"（边说边叹气，还摇头）。有一句话他们没有说出：就像从十五中走出去的学生，大部分都有些边角料的意思，拼裁得好，可能是件奇特卓然的衣服，但多数则还是边角料，要使它们从零到整，化腐朽为神奇，就需要进行再次的敲打与锤炼，除此之外，还需要等待奇迹的发生。但这奇迹在哪里，却连他们自己都不知道。于是，这没有说出来的话里面，就很可能还有这样一句：这情境又多么像他们自己呵。

阿三倒是没有这样的感觉。因为就近入学，学生们大都步行上学，早上起晚了，手里就拿着大饼油条，边走边吃。大饼要是芝麻糖油的，甜酱还会顺着嘴唇稍稍淌些下来。晨风很好，饼香扑鼻。这样的情景在十五中的学生里是常见的，因为在升学并且接受高等教育的可能性上前途叵测，真相存在于远处的一个目力尚不能及的焦点上，眼前的景致反倒显得清晰了。相对来说，那是悠闲的，放松的，甚至还有些市井的意味。因为暂时少了些压力与包袱，倒使十五中的学生更接近于这种年龄与生活阶段的本来面目。

所以说，阿三每天背了书包走在上学的路上，经常会有一种光明透过树荫扑打脸孔的感觉。阿三知道，那是因为太阳的缘故。阿三有时候就用手遮住眼睛，看看天上。与这巷子平行的是条小河，河里有时会有船，有时则没有。船上的女人用蓝印花布包了头，坐在船舷上吃一碗水泡饭。水泡饭上面浮着几根酱瓜、一点腌过的咸菜。阿三从来不知道这些船将要开到哪里去，桨摇得那样慢，水花渐渐从两边分开，也还是慢的。它就这样缓慢向前，与背着书包、手里拿着大饼油条的阿三相向、交错，或者相背而行，给人一种正向什么东西的深处行进的感觉。

小米是学校里和阿三最要好的朋友。因为个子正处于拔高的阶段，小米的手和脚都显得特别长。这种长还有些像横向里受到了某种巨大的压力，以至于身体终于无法承受，而产生的纵向变形——它是不协调的，尴尬的，孤零零的，书上写着的"形影相吊"，讲的就是这个。有几个调皮的男孩子在背地里管小米叫"长手长脚"。小米也知道这个，却也不恼，也不像其他女孩子那样发出大惊小怪或者虫叮蛇咬似的尖叫。小米是平和的，在十五中教学楼的走廊里经常能看到平和的，甚至于漠无表情的小米：正在长个子，突如其来的发展。框架都已经建好了，身体的其他部位却还来不及给予配合，胸是平的，臀部也只大体有个轮廓。这种似有若无的阶段其实最能够勾起人的想象，它有些像十五中男女学生间的"三八线"，女学生走在前面，后头的男学生忽然莫名其妙地哄笑起来，等到掉过头去，又都红着脸，跑散的跑散，沉下头的沉下头。它们其实是逆反的，看起来违背逻辑，实际上倒正是实证的前夜。

阿三与小米的友谊开始于一次篝火晚会。由于十五中特殊而无奈的性质，业余性的群众活动一向开展得气氛热烈。篝火晚会是六一的晚上开的，以告别童年、步入青少年的主题出现。因为其实都不仅仅是小孩子了，又因为告别童年这种提法有着以前从未出现过的蜕变的暗示，大家都显得有那么一丁点的伤感。这伤感也是以前未曾经历过的感情，新鲜，刺激，像是用小针隔着绒布细细触摸。一点一个明亮。在阴暗的背景里，一切都是夺目的。那个晚上，所有的孩子都显得兴奋异常。他们如鱼得水，把微微感受到的陌生的情感向着做作的高度推进。他们彼此呼唤大家的名字，把对方系得很好的红领巾重新解开、系上。他们说一些成年人听着都觉得有些老气横秋的誓言，真是恨不得把心都掏出来了。

那天晚上，阿三身上忽然来那个了。阿三第一次来那个是在上个月。中午放学时，阿三在酱油店旁边的小摊上买了一根赤豆棒冰，边吃边走。走到巷口时，隐隐约约便感到肚子痛。那种痛有些奇怪，好像是从一个遥远的地方来的，尖锐地痛，细细密密地痛，过一会儿又忽然好了。到了晚上洗澡的时候，阿三发现内裤上有一大摊深色的污迹。学校里已经在开生理卫生课，前些天打什么预防针时，老师也叽叽咕咕地问了女学生们一些问题。阿三其实已经懂事了。但内裤上的污迹大大出乎了阿三的意料，它是肮脏的。阿三没有想到它竟会是这样肮脏，非但颜色不洁，它这样偷偷摸摸地出现，更像有着某种不可告人的隐情。阿三把内裤换下来，趁家里人不注意，悄悄地泡在清水里洗了。清水很快变了颜色，污迹淡了，只留下一块浅红的印记。阿三左看右看，阿三觉得是看不出了。但阿三妈妈却还是看出来了。阿三妈妈停下手里正晾着的衣服，把阿三叫过去。阿三妈妈的眼睛里有种非常奇怪的东西。她问阿三：阿三，是不是成大人了。阿三便拼了命地摇头。阿三妈妈手里拿着阿三的内裤，眼睛疑疑惑惑：我看着有点像。阿三还是摇头，脸孔涨得通红，拼命地摇头。阿三妈妈盯着阿三看了会儿，像泄了气似的，说：阿三，这可不能开玩笑。阿三觉得自己都要哭出来了，但她仍然咬紧牙关，死不承认。

在那次篝火晚会上，阿三所在的班级要在晚会中表演一个集体舞节目。三十个男女学生，分成两组。辅导老师规定男学生穿白衬衫、蓝裤子，女学生则要穿白色连衣裙，圆领或者小翻领的。阿三在集体舞中的舞蹈搭档叫作张建青。张建青是班级里的体育委员。张建青发育得很早，个头要比其他人高出大半个脑袋，嗓子也已经有些变声。张建青身上最有特色的是他的肩膀，宽，而且有着非常好的线条。他喜欢穿一件深蓝色T恤，稍微有些紧身，袖口再略略撸上些，露出手臂的肌肉。在十五中，体育课已经开始男女分组，经常是阿三她们这些女孩子在操场这边练习双杠，张建青则带着男孩子们在操场那边打篮球，或者跑步。张建青跨着矫健的步子，跑在队伍的最前面。他的头发有些天然鬈，跑动的姿势漂亮，优美，就像一头深蓝色的羚羊。女孩子们暗地里都有些注意张建青。张建青跑过身边时，她们便有些莫名的激动，说话的声音变得尖利刺耳，动作也是夸张的，走了形的。在这群青涩的孩子中间，张建青无疑是出色的。这种出色构成了一种紧张的因素，这便有些像战争即将开始以前，信号灯在空中飞过的那种半弧形光圈。战争有时就这样来了，有时其实并没有来，但那一瞬间，却确实是强光。在它的照耀下，一切改变形状，凸现内质。

　　阿三一直没有弄清楚：那天晚上张建青究竟有没有看到她白裙子上的污迹。阿三觉得这是件难以确定的事情。那天先是小米手里捧着胭脂盒、口红笔在操场上跑来跑去。在急促认真、却又认命于这种急促认真的奔跑中，小米挥动着她的长手长脚，就像一只忙碌于田间播种耕作的益虫。小米是负责给大家上妆补妆的。轮到阿三时，小米嫌她脸色苍白，说要给她换一种深些的胭脂。两人才走几步，跟在阿三后面的小米突然伸出长手，一把拉住阿三。

要死了！小米在阿三耳朵旁边尖声叫了起来：你要死了！你怎么一点都不晓得的！你那个了，都沾到裙子上了！

张建青恰好就是在这时跑过她俩身边的。他停顿了一下。显然，原先他是想和她们中的某一个说句什么话的。但他就那样停了一下，还伸出手将了将他天然卷曲的头发（阿三觉得那是个掩饰的动作），然后，张建青的眼睛很快地扫过阿三（阿三后来又认为这是一个幻觉），很快他便又跑过去了。而且，当后来小米为阿三临时请了病假，使张建青突然失去舞伴时，其他孩子都开始议论纷纷，而张建青却保持了沉默。他走到一边，找了张纸，慢慢地把嘴唇上涂着的口红擦掉。他喝了几口水，替另一个即将上场的男学生整整白衬衫的领子。他甚至还非常沉着地和旁边几个人说了句笑话（这些，都是后来小米告诉阿三的）。张建青丝毫都没有显示出：他看到什么了。他很惊讶。或者：他不知所措。

后来，阿三和小米也偷偷地讨论过这个问题：张建青究竟有没有看到？小米分析说，如果他没有看到，他的沉默就有些不可理喻，但如果他看到了，却什么都不说，那就只能得出一个结论，那就是张建青已经成熟了。

阿三把小米的分析想了想。阿三觉得，好像后一种更有可能些。阿三更倾向于后一种对张建青的分析：张建青是个成熟的人了。但是，一想到这里，阿三不由得又有了种奇怪的感觉。

十五中有两扇边门。其中一扇早已废弃不用，用木闩和铁钉封死了。另一扇开在操场的西面，从司令台往西，经过一幢教学楼，再穿过一片小树林，就能直接到达那把有些生锈的大铁锁下面。锁一般只是做做样子，从里面可以很轻易地把它打开。有几次阿三值日回家晚了，便走了边门。走过黑洞洞的教学楼，小树林的树梢上可以看到很淡的月牙。然后，生锈的锁打开了，锈渍沾在手上，有一股腥味。阿三觉得开锁的那个瞬间，"啪嗒"一声，然后门外的亮光进来，陌生的世界。这个过程，阿三觉得有种特别的快意。

　　其实，十五中的小树林只是一片杂草杂树丛生的空地，有几棵大树，出奇地高，就像平地里起来的，粗糙，横梗，突兀；其余便是杂草杂树，也是横梗、粗糙的，只不过不那么突兀了，相反，倒像是要反衬那种突兀似的，长得铺天盖地，漫无边际。开始时，十五中的老师们还分配给学生包干区，这个班负责这一块，拔草平地；那个班负责那一片，平地拔草。渐渐的，这样的卫生包干便发展成为某种课外活动与园艺苗圃。阿三记得，自己就有一次在小树林里遇到过张建青。

　　张建青正穿着深蓝色的球衣球裤在树林里跑来跑去，手里拿了一只细网长竿的网兜。阿三觉得张建青那天的衣服明晃晃的，亮得刺眼。所以她闭了闭眼睛。张建青对阿三说他正在准备明天标本课上的蝴蝶标本。他说，他刚才在操场那里看到一只非常非常漂亮的大蝴蝶，金黄色的，翅膀上还有蓝色花纹和亮红的圆点。张建青说他从来都没有看到过这样漂亮的蝴蝶，他简直惊呆了，像傻瓜一样地抬头看着。"太阳光照在眼睛里，看出去的东西就变成透明的了。"张建青说。张建青还说那只蝴蝶飞得真高，飞着飞着就往小树林这边来了。

阿三连忙抬头。阿三说现在太阳都快要下山了，而且她也看不到那只蝴蝶。张建青就说，一定是有蝴蝶的，那只蝴蝶一定飞过来了，只不过，它现在正藏在哪片树叶、哪片花瓣的后面，翅膀也收起来了，收成了一条狭缝，所以大家暂时都看不到它罢了。张建青又说，只要我们再等一等，再等一等，等到太阳真的落下去了，暮色划过树梢的时候，就能看到它了。

两人在树林里坐下来。有些起风了，风划过了树梢，太阳却还在那里。太阳软茸茸的，有些毛边，卷起来了，泛着一些柔和的微香的光芒。这时，教学楼那里响起了钟声。钟声很响，听起来却有些陌生，仿佛被什么坚硬的东西隔开了似的。

阿三听见自己的声音：是松树。

张建青扩了扩胸，忽然意识到了什么，他把这个动作做到一半，停了下来。

张建青说：小时候我能爬树，爬比这儿的松树还要高的树。

我也能爬。阿三眯眯地笑着。

有一只鸟叫了起来。

阿三闭闭眼睛，听见风声从睫毛那儿滑过去。

后来，坐在课堂里上课的那些时候，阿三突然地会产生一种疑问：那次，在小树林里遇到张建青的事情是否只是一个梦，只是她无数个梦里面的一种？阿三便有些心惊。阿三觉得这事情确实是荒谬的，因为自己不可能和张建青坐在松树下面，一起等待暮色划过树梢时的那种神奇景象。这是件荒谬的事情。但是，但是问题在于，那种风从睫毛下面滑过去的感觉却是清晰的，异乎寻常地真实。

阿三不知道应该怎样对此加以解释。只是在黄昏的时候，阿三又一个人到那个小树林里去过几次。风渐渐凉了，吹到身上有些寒意。阿三在草堆里坐了一会儿。太阳总是很快落下去。太阳落下去，天就黑了。从灰到黑。月牙挂在天上，先是很淡的一轮，渐渐地就清晰起来。清晰到露出月亮里面的一丝丝纹路。有时候，阿三看着看着，忽然就会害怕了起来。黑暗包围了她，有一种无形的虚空与韧力。阿三从已经包围了自己的黑暗里挣脱出来，撒腿就跑。阿三的头发被风吹散开来。在月光下面，阿三是那样的瘦小纤弱，而树林却像突然长高了似的，生长、倾斜、包围，把阿三淹没在了里面。

十五中的下午经常会安排一些各色名目的劳动技术课。老师们把要做的事情一一安排好，前前后后看几圈，就走了。这种课通常是自由的，有着种种发散性的可能性。有几次，阿三和小米就偷偷地溜出教室，来到了校门外面的河岸上。

下午的河岸静悄悄的，酱油店、杂货铺因为少有顾客光临，都仿佛蒙上了一层黯淡的灰色。闹市在远一些的地方，也消沉着。平时熟悉的那种叮当明亮的声音听不见了，一切就显得有些陌生，面目变化着，让人心生敬畏。两个人先是静悄悄地走着。渐渐地，十五中的校门望过去便显得远了，又远又小，街巷却还寂静着，让人觉得有些不同寻常。

那天小米穿了件深色的罩衫，略微大些，风吹上去，飘来荡去地有些没有着落。阿三跟在小米后面，隔了大约半步路的距离，阿三一边加快脚步，一边说：现在小公园的电影院正在放一本关于鬼的片子。

小米"哦"了一声。小米抬起手抓住一根河岸旁边的树枝。她伸手的时候，深色罩衫的袖子就往下面滑了些，露出小米细瘦的长手。

我是很怕鬼片子的，又是吐血，又是伸舌头，吓死人了。阿三说。

小米还是不说话。小米把从树枝上摘下来的叶片捏在手里，揉了几下，又扔掉。

阿三赶前几步。阿三说：你知道吗？电影里面说，鬼都喜欢住在这种地方，河边，经常下雨，太阳出来的时候花又全开了。这种地方就是住鬼的。

小米的肩膀动了一下。阿三看不清小米的表情。

阿三没有听到小米说话，有些生气。阿三说：小米！小米你在想什么？我真搞不明白你到底在想些什么，你听到我对你说的话了吗？……忽然，阿三停住了。阿三盯着小米看了会儿，忽然说道：

小米，我觉得你倒是有点像一个鬼。

一只船从她们身边静悄悄地划了过去，等到她们发现时，乌黑的船头已经横在脚下。船舷上有条狗正在睡觉，是条黑狗，闭着眼睛。

"小米像一个鬼"，这个念头把阿三自己也吓了一跳。阿三转过头，看了眼小米。小米好像并没有听到刚才阿三说的话。也不知是没有听到，还是听到了而不愿意搭理。小米从路边的树枝上又摘下几片叶子，她把它们朝黑狗的脑袋上扔过去。阿三看到黑狗闭着的眼睛动了动，但没有睁开。

天有些暗下来了。时间还早，天却有些暗下来了。

因为一个人颠来倒去地说鬼，阿三觉得有些害怕。但真正让阿三感到害怕的，却是"小米像一个鬼"这个念头。它是怎样来的，阿三不知道，它源于何处，阿三也不知道，但这个念头是真实的，它让阿三感到害怕。因为真实，所以更加害怕。仿佛正有一些阴湿、黑暗、形状也不固定的东西，有一些阿三自己也无法把握的微粒，它们慢慢地在合拢来，有时候成了个样子，但大多数时间，它们还有待于显现最终的形状。那最终的形状，对于阿三来说，还是多么遥远呵！阿三不知道它们究竟是什么，只有那种阴湿、黑暗、飘忽变动的质地是明确的，它们渐渐地弥漫开来，充满在阿三生活的上空。

这个下午，两个女孩子坐在小河边的石凳子上，她们坐了很长时间。两个人偶尔会说上几句话，头和头凑在一起，叽叽咕咕的，而在更长的时间里，她们独立而坐，都显得有些孤单。她们有时候会东张西望，东看看，西瞧瞧，巷子里有人在走，巷子便多出了一块，人走过了，又少掉一块。只有她们两个是固定的。看得出来，她们有些寂寞，有些抓挠不定地小小地揪心。这寂寞甚至还影响到她们的友谊，它扼杀了什么东西，又让什么东西悄然生长。从巷子里走来走去的人都看到了这两个逃学的小女孩子，用竹篮放在河水里洗菜的女人也看到了。他们冷眼看着这一切，全都不露声色。他们知道，过不了多久，她们便得加入到他们的行列里来。他们知道，这是她们必得走的道路。他们横扫她们一眼，便知道了她们多少年的疑惑、期盼，甚至于秘密。他们了然于心。他们唯一不知晓的，只是那些窸窸窣窣的细部，那些她们仍然魂牵梦绕地未曾明了的事与物，而对于他们来说，那些都是可以一笑了之的，都是些迟早会破灭、真真假假不足挂齿的鬼故事。

阿三每天便在这样的小巷子里上学、放学或者逃学。只有一种时候，阿三会觉得日子忽然起了种变化，它变得薄而透明，呈现莹润有光的质地。这种时候，便是阿三在十五中的校园里、在放学的路上、在小树林的想象中，远远地迎面遇到了张建青。

张建青仍然喜欢穿深蓝色的T恤，天冷了，袖子也是往上撸的，露出手臂上的肌肉。张建青像羚羊一样地跳跃在校园里，阿三觉得他是完美的。阿三觉得张建青向她走来的时候，树林、小路，还有四周的风声都发生了变化。它们浮起来了，挂在半空里，就像阿三小时候看过的那些童话。而张建青总是很大方。张建青远远地就叫：阿三。阿三便回答：张建青。说完这两句，相遇也就过去了，但这叫声，阿三也觉得不同，觉得这叫声回响在半空里，也浮在那儿，也像小时候看到的童话。

有时候，阿三会突然想起小米问过她的一个问题。小米问：阿三，要是有一天你突然变成了鬼，你能看到别人，别人却看不到你，到了那个时候，你最想做的事情是什么？阿三回想起来，阿三觉得自己当时其实并没有回答小米，但心里是清楚的，清清楚楚，小米刚一问她，答案便跳了出来，雪亮雪亮的。阿三想，自己最想做的，其实就是看看放了学以后，张建青到底在做些什么？他晚饭吃的是什么东西？他睡觉的时候，月光能不能照在他的身上？他的肩膀会露出在被子外面吗？还有，他的那件深蓝 T 恤是不是就放在枕头旁边，微微揉皱着，散发出细微的体味……阿三知道，张建青的家就住在小河的旁边，有几竿竹子，一条卵石路直通进去。有几次，阿三放学的时候踮着脚朝里面看，竹子长得很高，看不清里面，但阿三听见它们晃动着，发出碎片一样的声音，心里便想：如果自己真的变成了鬼，就可以越竹而过，越墙而过，像风一样地飘到张建青的身边……但是，但是飘到了张建青身边，接着又怎么样呢？

阿三不知道。阿三只知道自己有过几次离奇的梦境，或者只是入梦前的冥想。在那样的冥想中，阿三正在自己的家里。门关着，木质结实。然而，木质结实的门在视觉上却是透明的，门仿佛浸泡在光明里，那光明也像水，流动、沉淀，有着薄晕的毛边。阿三就站在这样的门的后面，也可能是躺着。阿三觉得自己好像在等待着什么东西。就在这时，张建青来找她了。就像一切梦中人那样，阿三获得了一种非凡的能力：透过木质坚实的紧闭的房门，阿三看到了门那边的张建青。梦是黑白的，所以阿三不知道张建青身上穿着的 T 恤是不是蓝色，但阿三看到张建青抬起了手——张建青抬起手，敲了敲门。

就在张建青敲门的那个瞬间，阿三忽然发现自己正光着身子，她身上什么也没穿，身体白白的，像个孩子。张建青在敲门。阿三觉得张建青就像影子一样，悄无声息地就来到了。张建青紧闭着嘴，张建青不说话，一句话都不说，张建青悄无声息，但张建青抬起手，用姿势和形体表示着他敲门的这个动作。阿三感到自己的身体忽然变得很轻，阿三感到自己是像飘一样地飘到门口的，身体没有重量，也沉默着，但沉默着的身体把门打开了——她光着身子站在张建青的面前。

梦到这里忽然就结束了。戛然而止。她把门打开，光着身子站在那里，然后，她便不知道要干什么。他们两个面对面地站着，或许，那时候正巧有风，风把他们的头发吹起来，吹得老高，就像地上的草一样；或许，站着的其实只是她阿三一个人，她站在那里，和她的影子在一起，就像面对着小树林后面那把生锈的大铁锁，就像开锁的那个瞬间，"啪嗒"一声，然后门外的亮光进来。陌生的世界。这个过程，总是能让阿三感到一种特别的快意。

阿三是在最后一个学期因为搬家而转学离开十五中的。办完手续的这天下午恰好没课，小米就建议阿三去小公园看一场电影。在阿三的回忆里，那仿佛是个冬日的午后，因为小公园的路是青石板铺的，而在青石板的路上，阿三和小米的影子都被拉得很长，长长的，打着斜，有些地方甚至变成了虚线，折断了，摇晃，虚弱，像是要倒下来的样子。

太阳软绵绵的，有些苍白，长手长脚的小米也有些软绵绵的，也脸色苍白。因为离电影开场还有段时间，两人便在小公园的一排石凳上坐下来。虽然是冬天，阳光却是好的。阳光穿越过人行道边枝叶稀疏的矮树，照在她们的脸上，甚至还有些晃眼。

阿三闭了闭眼睛。

直到很久以后，阿三还一直存在这样的想法。阿三觉得：冬天的阳光是能够让人产生幻觉的。阿三知道这想法或许就是起源于那个下午，和小米一起去小公园看电影的下午。电影还未开场，下午场的电影本来就是人迹稀少，她们坐在小公园的石凳上，太阳软绵绵的。小米还不时地用手捂住肚子。小米说她忽然肚子疼了。小米捂着肚子。小米说，真疼呵，从来都没有这样疼过，怎么会这样疼呵。阿三不说话。阿三闭了闭眼睛，觉得阳光在眼前走过去。眼前有什么掉下来了，是黄的、赭色的，或者红的枯叶，落下来了，掉在了她们两个的身上，斑斓的。

阿三忽然看到张建青走过来了。张建青手里拿了一只细网长杆的网兜。阿三便说：张建青，到哪里去呵？张建青说：捉蝴蝶。阿三又说：冬天我从来都没有看到过蝴蝶，冬天的蝴蝶全都躲起来了。张建青摇摇头。张建青说一定是有蝴蝶的，他刚才就看到它飞过来了，一只彩色的蝴蝶，它飞过来了。张建青一边说，一边就拿了网兜绕着小公园飞跑起来。

阿三动了动身体。阿三想动起来，和张建青一起跑，但阳光软绵绵的，阳光晒得阿三也软绵绵的，阿三觉得自己是多么没有力量呵。然而，奇怪的事情紧接着又发生了。阿三发现，老师和妈妈不知什么时候来了。他们就坐在阿三对面的一条石凳上，他们看着阿三。谁也不知道他们究竟是什么时候来的，但他们就是来了。坐在那里，看着阿三。

也不知道过了多久，阿三终于站了起来，走过去，走到老师和妈妈那里。阿三对他们笑笑，他们不说话，看着阿三；阿三问他们：你们说，冬天会有蝴蝶吗？他们还是不说话，看着阿三；后来阿三便急了，阿三伸出手去，放在他们的手上、肩上、身体上……

是冰凉的，就像一块冰凉的石头。

阿三忽然惊醒过来。或许，她手里触摸的本来就是一块石头，只是一块石头。它们定格在那里，就像小公园人行道两边枝叶稀疏的矮树那样……

阿三闭了眼睛。阿三又听到耳边小米的声音，小米一定还是用手捂着肚子。小米说：真疼呵，从来都没有这样疼过，怎么会这样疼呵。阿三不说话，她只是闭了闭眼睛，阿三闭着眼睛也能感觉到阳光掠过时的那种阴影。在光明与黑暗之间，阴影闪现了，而在阴影闪现的瞬间，阿三知道，刚才，有什么东西从这里经过，它轻轻地，已经走过去了。

庭院之城

1

　　蒋向阳和陆小丹是同处一室的同事。他们在同一所中学，同时教授中学历史课程。他们的办公桌也是连着的，面对着面。这一年的杨柳风吹起来时，蒋向阳无意中发现，陆小丹的玻璃台板下面压了张年轻姑娘的照片。姑娘坐在小河边的一张石凳上，黑油油的长头发挂在肩头。看得出，她的牙齿不大好，但笑容很甜。

　　蒋向阳在这张照片前面莫名其妙地发了会儿呆。

　　蒋向阳今年四十来岁，头发已经有点谢顶了。前些日子，他的女儿刚过完六岁生日。因为糖果与甜食的问题，小家伙的牙齿也相当糟糕。蒋向阳认为，这主要是他妻子和母亲的问题。特别是他母亲。她看上去倒真不像个厉害女人，个子不高，说话温和，但她的唠叨和闲言碎语却常常有种奇特的力量。有时蒋向阳会不无沮丧地想，他当年的婚姻有很大一部分原因，正是缘于这种唠叨和闲言碎语。遥想当年，他向现在的妻子求婚时，她也坐在小河边的一张石凳上。也是春天。也是吹面不寒的杨柳风……但蒋向阳觉得，他母亲矮小纤弱的身体就如同河对面的那排古城墙。

那城墙有好几千年了，砖块有些发黑，上面还爬满了青苔，然而无疑是固若金汤的。他不由得倒吸了一口冷气。

那天，在小河边，两个年轻人，关于未来的规划与打算，一切都是顺利的。后来他们还聊了些新房和婚礼的事。临到终了，快要起身告别的时候，蒋向阳未来的妻子突然很轻很快地问了句："但是——你真的爱我吗？"

蒋向阳愣了一下，很快回答说："当然。"

回家的路上，蒋向阳重新把这个问题仔细地、认真地、反反复复地想了想。由此得出的结论大致是这样的：他确实还算喜欢这个女人。但如果感情的强烈度能用百分比来衡量的话，他想，在精神上不会超过六十分。在床上要略高些，但也不会超过七十分。然而有一点，或许还是能让他未来的妻子感到欣慰的。那就是他对她的"六十分"和"七十分"基本上是稳定的，不像对其他女人，很快就变成了"四十分"或者"三十分"，甚至更低些。

蒋向阳想，不知道这是否就是她所要求的"爱"。

几年前，那个求婚过后的下午，蒋向阳回家时顺带去花鸟市场转了转。这是他很多年来的老习惯了。他站在那些大大小小的盆景、鱼缸和鸟笼面前，发了会儿呆。

就在刚才，未来的小两口还为这事讨论了一下。姑娘的意思是这样的，客厅里放雀梅和米兰，吊兰则是应该摆在书房里的……至于那个不大的小院——

"种点竹子吧？要不，就栽些芭蕉或者梅花？"

她微微仰起点头，在薄得几乎透明的太阳光底下，她鼻翼那里几颗芝麻大小的雀斑便立刻生动了起来。不知道为什么，蒋向阳突然有种强烈的冲动。他很想伸出手去，摸一摸那几颗雀斑。它们有大有小，或深棕或浅黑。它们跳动着，闪烁着，让他未婚妻的脸在一瞬间变得异常真实起来。

就像刚才小河边的那场谈话，让他未来的生活突然变得明确、现实，并且触手可及一样。

这些年来，有一个想法是蒋向阳一直萦绕心头的。不思量，自难忘——是呵，如果没有那天的杨柳风，没有杨柳风下的那场谈话，他的生活将会是怎样的？蒋向阳没有经历过什么刻骨铭心的情感，因为没有经历，所以更加难以幻想。但同时他也隐隐约约地有种感觉：固然他的婚姻与刻骨铭心没什么关系，但即便真有此种经历，他也认为两者未必就有必然的联系——

在课堂上，蒋向阳讲到唐明皇与杨贵妃的故事时，总会背靠讲台，饶有兴味地来上几句《长恨歌》。这故事是教本里面的闲笔，各种样式的考试里都不会采用的，所以学生们多半也当花絮来听。有时候他会念"春宵苦短日高起，从此君王不早朝"，但更多的时候他则念"上穷碧落下黄泉，两处茫茫皆不见"。

私心里，蒋向阳从来觉得《长恨歌》的精髓在于后面两句，当然，这样的判断，多半来自于一个有些悟性的历史教师的职业身份。蒋向阳认为自己是充满理性的。比如说，他认为同样是对杨贵妃的思念，老年特别是下野后的唐明皇与年轻时的唐明皇是完全不同的。又比如说，虽然他认为，如果不是因为实在的母亲和虚幻的责任，他是不会用婚姻这种方式来构筑自己生活的……然而，杨柳春风里，在这个城市的一处小小庭院，蒋向阳还是给自己筑了一个巢。

先是他母亲气喘吁吁而又满怀喜悦的声音："这盆花放哪里呀？盆好像小了呀，你来看看，真的是小了呀！"

后来，他的女儿呱呱落地了。他第一次抱着她走进小院，他的眼睛跟着她的——她盯着什么，看了很久。任何的东西。他觉得她的眼睛里有很远很远的风吹进来。

等她长到三四岁，蒋向阳突然发现，她说话时有着比较严重的口吃。有时，他下班回来，看见她正坐在院子里，手里摆弄着穿粉色花边衣服的玩具娃娃。

"爸……爸，漂……漂……漂……亮。"

他蹲下来，看了看院子里枯掉的茑萝叶子，再看了看这个相貌与他奇像无比的女儿，轻声说道："宝贝，今天过得好吗？"

在一个瞬间里，他突然觉得，这好像并不是他真正想过的生活。但是——他真正想过的生活又是什么样的呢？他其实并不知道，他回答不上来。哦不，不是这样的，其实他是知道的……

这时，就像调皮的男孩在春风里玩起了双手脱把，蒋向阳眯缝着眼睛，微微张开了嘴巴。他觉得他的眼睛里有很远很远的风吹了过来。

2

恋爱中的年轻人心里常常会涌起些暖流，和蒋向阳同一办公室的陆小丹也不例外。陆小丹是个每天脸上焕发出新鲜的光泽、下巴刮得铁青的小伙子。每当他心里涌起暖流时，就会掏心挖肺地和蒋向阳聊些事情。

"我说老蒋，"陆小丹说，"其实女孩子真是长头发好，温柔。"

蒋向阳点头表示同意。今天上班时他又瞥了陆小丹的玻璃台板一眼，底下换了张照片，还是那粲然带笑的姑娘，但头部的面积增大不少，所以显得头发更长更顺，牙齿却愈发不好了。

通常都是陆小丹的话多，但你来我往，蒋向阳偶尔也会健谈起来。然而即便如此，也不知道为什么，陆小丹却老是隐隐约约地有种感觉，好像蒋向阳并不是针对什么人而话多——不可否认，有时他确实是激情澎湃的，但有时却又分明意兴阑珊。陆小丹觉得，蒋向阳只不过撞上什么就是什么，撞上谁就是谁。其实他是不在乎的，也是没有什么选择的。这感觉着实让陆小丹不快了好几天。

然而，当下一股暖流徐徐涌起时，陆小丹仍然忍不住会对蒋向阳说些什么。自然，蒋向阳坐他对面，两个人鼻子对鼻子、眼对眼的。但这肯定不是唯一的理由。当陆小丹对面那个位子空下来的时候，当那张椅子上光剩下一团空气在流动的时候，他常会不经意地想：蒋向阳这个人可真是有些奇怪的呀。

人世间的很多事情就是这样：不去想它也就罢了，但一旦想了，便是疑窦丛生，便是百思不得其解。陆小丹把蒋向阳上上下下、前前后后地在脑子里过了一遍。他得出了许多支离破碎，甚至自相矛盾的印象。

学校组织课题观摩交流的时候，陆小丹随堂听过蒋向阳一节课。给陆小丹留下深刻印象的，倒不是蒋向阳着实不错的教学水平（蒋向阳是区里有名的历史老师，他班上还出过好几个历史科统考状元），恰恰相反，陆小丹有种奇怪的感觉：仿佛蒋向阳并不是真的很看重这些东西——他手里拿着那根顶端磨得又光又滑的教鞭，仰着微微谢顶的头，倒背了双手，在黑板前面走过来，又走过去。

唐朝，是呵，唐朝是中国最鼎盛的朝代。

宋朝，宋朝当然也是不错的。宋朝有个皇帝叫宋徽宗。立他为帝时，有人向太后告诫说他"生性轻佻，不可以君天下"。后来，他果然就把江山断送掉了。

当时，前排有个梳了童花头的女生站起来问："老师，那什么样的人才能当好皇帝？"

蒋向阳踱步的两只脚猛地站定："这倒是不好说，这问题不好回答。其实历史这东西，每朝每代的人都在重写，了解事实真相的可能性是极小极小的。"

童花头又问："那我们为什么还要学历史呢？"

蒋向阳想了想，反问道："你家里住哪儿？新城区还是老城区？"

童花头说："老城区。"

蒋向阳接着问："新房子还是老房子？"

童花头说："老房子。"

蒋向阳再问："外面有院子吗？"

童花头说："有个小院，但可能很快就要拆迁了。"

蒋向阳这才把手里举着的教鞭垂下来，慢条斯理地说："这个小院拆迁以后，可能会成为一块绿地，商场的一角，新的住宅楼，或者一个商业区的展示台，很多很多年以后，我们说到它的时候，除了不像它最初的那部分，它几乎什么都像。"讲到这里，蒋向阳略微停顿了一下，说道："其实学历史也是这样，至少，我们从中还能了解一部分的真实。"

这堂课听下来，陆小丹觉得相当吃惊。他不明白，蒋向阳何以会用这种否定与怀疑的态度向学生教授历史。当然，蒋向阳的学生基本都能把历史考试应付自如，但这仍然不能解释蒋向阳的教学姿态。有点像游戏地，举重若轻地，带着点坏笑地翻开记载我们几千年历史的书本……

实在忍不住了，陆小丹也和蒋向阳探讨。他先是问："老蒋，你说现在的学生聪明不聪明？"

蒋向阳想也不想就回答："当然，喝牛奶吃面包长大的，个个冰雪聪明。"

陆小丹不置可否地抬了抬眉毛："我们读书那时可不敢问这样的问题，老师说什么我们就学什么。"

有句话已经到了陆小丹的嘴边，结果也给咽了回去。是呵，以前陆小丹见过的老师也不像蒋向阳这样。他们要么是敬业的，有水准的；要么就是混日子的，误人子弟的。谁都不像蒋向阳这样——既能教出考试分数最高的学生，同时又在不断提醒他们：你刚才学的那些东西都是假的，至于真的，对不起，没人知道什么是真的。

陆小丹正处于恋爱状态中的准热恋阶段，三天两头和那位长头发、坏牙齿的姑娘见面约会。两人有时手拉手散步，有时面对面吃饭。也有时呢，既不散步，也不吃饭，两人就坐在公园的木椅子上傻笑。也不用说什么话，眼睛和眼睛碰上了，谁都知道里面的意思。比说话还要灵光。所以陆小丹觉得，世界上的事情都应该是清楚明了的。女朋友就是女朋友。喜欢就是喜欢。爱就是爱。

是呵，难道这还会有什么问题吗？

但对于蒋向阳这个人，陆小丹却着实觉得吃不大透。陆小丹是个碟片迷，另外还是个侦探小说迷。最近他看了一张碟。里面有个职业杀手，那可真是杀人无数，杀人如麻，杀人不眨眼。每次杀完人，他就搬家寻找下一个目标。而每次搬家时，却总是不忘随身带着一样东西：一只不大的花盆，盆里稀稀拉拉长着三片绿油油的叶子。杀手把花盆放到新家的窗台上，晒晒太阳，浇浇水，他自己呢，则安静地站在一边抽上一会儿烟。等到这一切都安排妥当了，然后——杀手再次推门出去，手里拿着枪，去杀下一个人。

也不知道为什么，好几次陆小丹暗暗琢磨蒋向阳这个人时，不知不觉地总会想到碟片里的这个职业杀手。杀人是个秘密，养花则是对于这个秘密的补充，是另一个秘密。这两个秘密是相互矛盾的。那么，这样说来，是不是人的一些不可思议的怪异行为都是秘密与秘密的相互抵消呢？

陆小丹想得有点昏头昏脑，于是就走出办公室，到校园的各个角落走动走动。这一走动，有好几次，陆小丹都遇到了蒋向阳。

陆小丹意外地发现，蒋向阳很喜欢去学校后门那儿的小树林。有一次，陆小丹远远地看到他坐在一个枯树墩上抽烟。还有一次，蒋向阳正围着树林吭哧吭哧地跑步。是个雾天，但从蒋向阳鼻子、嘴巴里吐出来的热气，在小树林上空飞过来，绕过去，就像神话故事里修炼成精的小白蛇似的。

陆小丹站在远处看着，发了会儿呆。也不知道为什么，在陆小丹的眼睛里，这时的蒋向阳变得不像蒋向阳了。这个出现在陆小丹面前的人，除了不像蒋向阳，几乎什么都像。

突然，陆小丹像是一下子想到了什么，三步并作两步地跑回办公室，一把拎起了桌上的那只电话。

听着自己的声音，陆小丹觉得有点不自然："你在哪里？"

……

连呼吸也是急促的："和谁在一起？"

……

想见她的愿望如此迫切，但却不是往常熟悉的那种迫切："那么明天晚上，还在老地方？"

……

欲说还休地："你……今天……算了，见面再说。"

……

窗外弥漫着雾气。黏黏的，和陆小丹现在的心情有些仿佛。这是以前从来都没有过的事情，所以多少有些让他生气了，生自己的气。陆小丹没精打采地坐了下来，看着玻璃台板下的那张照片。抱着一种怀疑的，因此也是相当痛苦的态度。

姑娘还是那个姑娘，不是特别漂亮，但是经常让他想到童年时枕边的第一缕阳光。她的长而柔顺的头发，她的不很整齐但仍然可爱的牙齿，她和他牵着手时汗津津的手指……这些都是他熟悉的，触手可及的。但是今天，他突然觉得那张照片活了起来。先是蒙了层雾，接着雾气褪去，照片里的姑娘一下子动了起来。

她从河边的石凳上站起来。慢慢地走着。河水一如既往，流得很慢，但是缓缓不断。她就那样走了一段，拐个弯，进了一个幽深的小院。

门，就在陆小丹的面前轻轻地，但是也死死地关上了。

她到底是谁？

一丝让人心头发痒的疑惑涌了上来。这是陆小丹清晰可见的生活里从没体会过的情感。不理它吧，焦躁不安；理了它呢，仍旧烦乱的那种情感。就像现在，陆小丹透过办公室那扇打开的窗，看到正从浓雾里跑步归来的蒋向阳那样。

陆小丹盯着这个白色的影子。他越来越近了。带着一大团潮湿迷乱的雾气。

陆小丹觉得自己有点恨他。

3

一个下着小雨的午后，陆小丹决定去一次蒋向阳家。

最近一段时间，陆小丹经常和长头发姑娘吵架。也没有什么理由。有一次长头发姑娘急哭了，红着脸对他说："你最近变了！"陆小丹不承认。陆小丹很认真地说："我发现自己不了解你。"长头发姑娘吸了吸鼻子，非常委屈地说："我一直就是这样的，刚认识你的时候就是这样的，你以前怎么不说这种话！"

陆小丹就沉默下来。

在心里，陆小丹倒也觉得长头发姑娘说得没错。是呵，在他们俩之间，其实什么事情都没发生，什么事情都没改变，但就是以前的那种感觉找不回来了。那种澄澈、透明、一眼望到底的感觉。有什么东西突然拦在了他们两人之间。陆小丹经常觉得如鲠在喉。噎着，但又说不出个所以然来。简直是难受无比。

他们仍然定期约会。约会的时候呢，也仍然散步谈心，逛街吃饭。在有些气氛相当融洽的时刻，过去那种熟悉的感觉，丝丝缕缕的，好像又一点点地回来了。然而，那团可恶的、白乎乎的雾气不知从哪里又冒了出来。陆小丹眨眨眼睛，觉得眼前的姑娘变了形状。陆小丹再眨眨眼睛，姑娘甩着长头发站起来了，再怎么走，他都只能看到她的一个背影。

有好几个礼拜，陆小丹都赌着气，理都不理蒋向阳。但蒋向阳仿佛一点都没在意这个。每天早上，在办公室的窗口，陆小丹看到他慢腾腾地骑着自行车过来。每天黄昏，又看着他晃晃悠悠地渐行渐远。他仍然不时地在小树林里抽烟，发呆，跑步。有一次，陆小丹甚至还惊讶地看到他在自行车上双手脱把，像只鸟一样地飞过了很长一段距离……

"神经病！"陆小丹小声嘀咕着。

他真的不喜欢这种感觉。莫名其妙的人，莫名其妙的事。什么都是恍恍惚惚的。就像碟片里那个刚出场的杀手，只见绿叶，不见刀刃。陆小丹觉得心里堵得难受。

没想到机会终于来了。并且来得很快。

这天早上，陆小丹被告知蒋向阳家里有事，他的课临时将由陆小丹代上。上午很快过去了。到了中午，看着屋檐底下滴得有气无力的雨丝，一个念头在陆小丹心里悄然成形了。

他先去超市买了两瓶酒，接着又在附近的花鸟市场选了一盆样式奇特的"六月雪"。这是卖主竭力向他推荐的。说是奇品。陆小丹不知道什么样的花草能称得上奇品。但就这样看上去，那盆"六月雪"歪脖子歪腿的，倒还真的有点奇怪。

陆小丹在路边叫了辆黄包车，先把"六月雪"小心翼翼地放在前面的踏板上，然后再抱了那两瓶酒坐上去。以前，陆小丹隐隐约约地听人说过，说蒋向阳喜欢在家里弄点花草什么的。至于那两瓶酒，一瓶代表着陆小丹的心意，叫作：一醉解千愁。还有一瓶则暗怀了陆小丹的心思，名为：酒后吐真言。

去蒋向阳家的路上，雨还在下着。在东摇西晃的黄包车里，陆小丹看到这个城市打湿的一角，像一张墨染的宣纸般慢慢地打了开来。

今天早上陆小丹代课时正好讲到了"江南四大才子"。因为是临时代课，陆小丹便留了些时间让学生自由讨论。结果他发现，绝大多数的学生对唐伯虎很熟悉。因为唐伯虎，他们对小丫头秋香也颇有几分了解。最有意思的是，他们总结出了"三笑"发生的真实地点，它们分别是：寺庙走廊的拐角，虎丘的后山，以及华府的后花园。

"落难书生中状元，小姐约会后花园。"后来陆小丹想想，倒也不无道理。有些真正重要的事情往往都是发生在后花园的。比如今天，他坐着黄包车，经过了无数的黑瓦、白墙、飞檐，骑过了很多的木桥、石桥、砖桥……在垂着青藤和爬山虎的白墙后面，有一处就是他每天同处一室的蒋向阳的家。

是呵，今天陆小丹要去的，就是蒋向阳的后花园。

出来开门的是个脸颊和鼻翼那里长了些雀斑的女人。她穿了件完全看不出体形的宽大衣服，外面还系着卡通图案、带荷叶边的围裙。完全不成体统。

陆小丹愣住了。倒不是因为雀斑或者衣着，而是这女人脸上的某种神情吸引了他。

一个人养花，他无数次地浇水、施肥、锄草、灭虫，但那些花仍然无数次毫无例外地死掉；或者一个还算耐心的教师，却遇上了永远没法把他教会的学生时，脸上出现的就应该是这样的表情。

"请问——蒋老师在家吗？"陆小丹欠了欠身。一时不知道是这个开门的女人错了，还是自己错了。

女人侧了侧身，让他进来。这不伴随语言的身体动作，却分明让陆小丹觉得：她很累，很烦，很失望，很无奈……这种种的情绪夹杂在一起，几乎让她连话都不愿意说了。

是个典型的江南人家小院。陆小丹沿着四四方方的青石板路朝里走时，还差点撞到了屋檐底下挂着的腌咸肉。一共有两块，为了防雨，其中有一块还盖着滑腻腻的油纸。

在一棵正疯狂开花的石榴树后面，陆小丹看到了头发蓬乱的蒋向阳。蒋向阳身上的两种色彩不由得让陆小丹大吃一惊：他的手里拿了一小束艳红的石榴花，而手臂上则缠着黑纱。

"是我母亲，昨晚上的事……本来不想麻烦你们的。"

或许是注意到了陆小丹盯着石榴花的眼光，蒋向阳接着说道："好几年了，她一直身体不好，瘫在床上……也没什么爱好，就是喜欢和小孙女说说话，还喜欢隔着窗玻璃看看院子里的花花草草……"

小院子里确实种了很多花。它们和陆小丹面前双眼红肿、头发蓬乱的蒋向阳有着某种共同点：一半的花开得很盛，而另一半则荒芜杂乱。这几乎让陆小丹生出一种错觉，仿佛大街上、庭院中、城市里的很多人，他们全都是一手拿着花，而手臂上则缠着黑纱似的。

陆小丹不知所措地把手里那盆"六月雪"递了过去。两瓶酒是装在袋子里的，陆小丹拎拎紧，顺手藏在了身后。

雨越来越小，连牛毛和针尖都不是了。看着比牛毛和针尖还要小的雨，看着它们在蒋向阳谢顶的脑门上留下的亮痕，陆小丹心头一阵发酸。他轻声说道："老蒋呵，学校那边你放心……自己身体要紧……过几天我再来看你。"

蒋向阳没说话。点点头。过了会儿，又点点头。

突然，蒋向阳说话了，他说："下次你来，替我带点学校小树林那儿的湿土。那边的土特别好，石榴、芭蕉和桃树都喜欢。"

陆小丹起身告别的时候，一个抱着漂亮洋娃娃的小女孩怯生生地走了过来。

看得出她刚刚哭过，眼睛红肿着。但一看到开满了小白花的"六月雪"，小女孩马上开心地咧嘴笑了，还露出了一排黑黑的牙齿。

然而忧愁还是紧紧跟着她。她拉了拉蒋向阳的衣角，很认真地问："爸爸，人是不是都要……要……死呵？"

蒋向阳愣了一下，没说话。

小女孩又说："但那些卡……卡通书上的人……人就不会，他们刚刚倒下去死了，一会儿就爬……爬……起来了。"

是呵，有那么多事情她有点明白了，但还有那么多她不明白，所以她又开始问道："那么，奶奶是不是再也不能给我糖……糖……吃了？"

陆小丹走出小院时，雨已经完全停了。天上挂着小小的一道虹。颜色很淡，边缘甚至是白色的。根本就没有传说中的彩虹那样绚烂，那样明丽。

"你看，许许多多的花瓣围绕着花蕊，它们共同组成了一朵花……"

陆小丹的身后一直断断续续地传来蒋向阳的声音。

"爸爸爱你……爸爸当然也爱妈妈。你看，等到它们长大了就会开花，有一些花还会飞到天上去……所有的花都是美的，宝贝，像你一样美……"

陆小丹在门口停了下来。回转身，轻轻地、生怕触痛什么地关上了小院的门。

青　铜

外面在下雨。

应该不会很大。但我真是听到雨声了。小细针那样，头扎一下，尾再扎一下。街上，雾气一定在升起来。白乎乎的。像月光下的蛇芯子。早上的天气预报说，今天的最低温度是零下三摄氏度。并且，从下午开始，多云转阴，有时有雨，或者雨夹雪。

现在是晚上十点钟。

"白天里，街上尽是尘埃。到了晚上，露水压住了尘埃。"

有人哼着歌穿过大街。天冷，刮着风，只看得见露在外面的两只耳朵和一双眼睛。大部分走过大街的人都是这样。耳朵和眼睛。偶尔一说话，一小轮雾气漫上来，就连眼睛和耳朵都看不见了。

两个女人正在角落里喝茶聊天。一个黑衣，一个紫衣。她们已经聊了很长时间了。先是埋着头，叽叽咕咕。后来声音高起来了。再后来，其中那个穿黑衣服的，还尖着嗓子叫了一声：

"呀——是真的呀！"她说。

这是家博物馆旁边的小酒店。这种地方，通常总是烟雾缭绕的。猛一推门，恍若仙境。人也杂。从下午开始，很多参观博物馆的人，走累了，口渴了，都会进来坐坐。据说，连变戏法的大卫·科波菲尔都进来坐过。他就坐在那个靠窗的位置上，大约有半个小时。在这半小时里，他喝了一杯加冰的淡果酒，吃了两小片烤面包。还隔着玻璃窗，在路边经过的每个女孩手里变出一朵金色玫瑰。

秃顶胖子和他的伙伴可能也听说过这个小CASE。他们推推搡搡地，从门口往里走的时候，嘴里还不停嘟哝着"大卫……那小子！科波菲尔……呸"！估计已经有点喝多了。起码是其中的一个。很可能，就是那个半瘫在别人身上的胖子。现在，他一只手臂绕在一个头戴鸭舌帽的人脖子里，另一只手则在空气中漫无目的地转着圈：

"我请客……咱们继续……喝！"

是个连场。很明显，胖子是这连场的发起人。或许，他有钱。或许，他喝多了。也或许，他爱充老大。当然，也可能他既有钱又喝多了，归根到底爱充老大。反正，他们现在正闹哄哄地、带着一团酒气往里走。

那个鸭舌帽先叫了起来。

"坐那儿！"鸭舌帽用手指了个方向，就三步并作两步地奔了过去。是个临窗位置。丝绒厚窗帘半下着，可以清楚看到外面的整半条大街。座位后面就是吧台，一长条保鲜贮罐正发出烁烁的银光。而旁边，则是一个小而精致的博古架。

"那个小东西有点意思。"

鸭舌帽一边朝那个博古架走，一边小声嘀咕着。

绕着鸭舌帽的手突然被甩了下来，秃顶胖子不由得愣了一下。但很快，胖子就反应了过来。他脚步蹒跚，螃蟹似的。动作却相当利索。他一把从鸭舌帽手里抓过一件东西。就像传说中的回光返照，刚才还迷迷瞪瞪的眼睛，现在一下子亮了。连酒都醒了大半。

"商的。"胖子说。

"可能是夏。"鸭舌帽比胖子矮上一截。他踮起脚，尽量朝胖子举着的那样东西凑过去。

"狗屁！肯定是商。"胖子口气非常坚定。

"你没看到上面是蟾蜍纹呀！"胖子又补充了一句。他手里的动作大了点，身体晃动了一下。一个趔趄。

"哦。"

鸭舌帽不说话了。这是个精干瘦小的家伙。眼珠很浑浊，但眼睛里的光却刀剑似的。很明显，鸭舌帽并没喝多。他小眼珠一扫，便发现这家小酒店里，已经有好多人在注意他们了。而手拿酒水单的年轻侍者，也正不耐烦地站在一边，斜眼看着他们。

终于，胖子把手里的东西放回一边的博古架。一堆烂肉一样，"扑哧"一声落座。鸭舌帽招手要了瓶洋酒，噼噼啪啪倒上。那半杯黄不拉叽的东西，一下子就被胖子灌进了喉咙里。

"呃"的一声，胖子舒服地打了个酒嗝。两眼直放出光来。

从两个年轻侍者的低声交谈中，我大致猜出了这一伙的身份。他们很可能是文物商人。这和考古当然不同。更侧重后面两个字：商人。什么旧瓷器呀，旧家具呀，旧古董呀，他们负责卖来卖去。当然，有真的就卖真的，没真的，那也好办，可以仿。行号叫作"做旧"。所以说，这伙人很可能就是旁边博物馆里的常客。这个道理很简单：只有知道了真的，才可以去仿假的——

你听，就连他们行的酒令，也都和博物馆有关呢！

鸭舌帽说："死人的陪葬品？"

胖子答："兵马俑。"

再说："死人打仗用的飞机？"

胖子再答："P-38闪电。"

接下来的一个，胖子没回答上。

"死人睡过的女人——"

胖子挠了挠头。有点兴奋也有点尴尬地笑了笑。他的脸，已经涨成了浸透的猪肝色。"呃、呃"地一连打了几个嗝，喷出一股发酸的酒气。但脸上的表情，却几乎可以用腼腆来形容。那样子，简直滑稽死了。

鸭舌帽他们就起哄。杀猪一样地叫。胖子一连给灌了好几次酒，眼睛都有点不聚焦了，呵呵呵地傻笑着。嘴里还结结巴巴地复述着"死人睡过的女人……呵……死人睡过的女人"。

要不是他们几个刚才粗鲁的动作，其实，我倒是挺想给他回答这个问题。我认为这答案应该很简单呵。答案应该是"木乃伊"，顶多再加上个形容词："女木乃伊。"

不知怎么搞的，话题就转到了女人身上。

没回答出"死人睡过的女人是什么"而被狠灌了酒，胖子似乎有些不甘心。这时的他，正处于一个所谓的酒后蜜月期。那些酒精，顺着嘴巴、舌根、喉管、胃壁、小肠飞流而下。溅起些小火苗。但"星星之火"，却还未燎原。现在的胖子，感到自己整个都亮堂堂的。擦得就像小红军刚发到手的枪。就连说话的声音，你听，都是那样爽利。

"你们瞧，那是什么？"胖子给自己点上一根烟，美滋滋抽上一口，还装模作样地吐了个烟圈。然后，他伸出一根肥嘟嘟的手指，朝远处指了指。

还是鸭舌帽了解胖子的心意。稍一思忖后，便接得很快：

"是女人哪。一个穿黑衣服，一个穿紫衣服。一共是两个女人。"

"傻×！"胖子把身体往沙发里陷，"公狗母狗我还分不清呵！我问的是什么女人。"

鸭舌帽毕竟悟性高，眼珠一转，说道：

"明白了！是个选择题：她们是婊子，还是——不是婊子？"

胖子很满意。乐了。还做了个小动作，把食指放在嘴巴上，催尿似的，"嘘"了一下。

这是个大家都感兴趣的话题。几个男人一下子来了兴致。跃跃欲试，七嘴八舌的。最初的结论是这样：

胖子认定"她们俩都是卖的。一个都不能少"。

鸭舌帽则认为，穿紫衣服那个很有嫌疑。而穿黑衣服的，

"不太像，嗯，不是很像"。

另外两个家伙表示自己吃不准。他们撅着屁股哈着腰，一个劲地给胖子倒酒、点烟。他们还嘿嘿笑着，表示自己在女人方面经验不足。嘴里连声说"大哥面前哪敢瞎说，哪里敢哪"。弄到后来，这场争论就成了胖子和鸭舌帽两个人之间的事了。

胖子的理由是这样的。

现在是礼拜一晚上，十一点多了。天气非常不好。又刮风又下雨，说不定还要下雪的。这是什么地方？小酒馆。既不是衡山路、茂名路，又不是新天地，而是偏僻的远离地铁站台的小酒馆。

"泡情调的女人可不来这种地方！良家妇女——就更别提了！"

讲到这里，胖子使劲咽了口唾沫，挤挤眼睛："女人嘛，嘿嘿。男人看女人嘛，嘿嘿。最重要的，是凭经验讲直觉。"

胖子还提醒大家注意一个细节。

"那俩婊子，眼睛一直都在朝门口看。看什么？等什么？猎物！男人！懂了吧！"

两个小马仔屁颠颠附和着。表示自己早已心领神会。

相对来说，鸭舌帽的语气要缓和些，具有商量的余地。他首先肯定了胖子的判断。这两个女人基本上不是什么好货。至于是不是卖的，嗯，这就有些难说。因为不是好货的女人，和卖的女人毕竟还是有区别的。鸭舌帽说他注意了她们两人喝的饮料。都是软饮料，家常的。至于两人的打扮嘛，确实时髦些，但也不是特别出格。"不过——"

鸭舌帽也提醒大家注意一个细节。鸭舌帽说那个穿紫衣服的女人，眼睛下面的黑眼圈特别明显。"眼皮都有些耷拉下来啦！"

鸭舌帽说，很明显，这是夜生活过度，甚至是性生活过度的一个标志。

就在这时，小酒店的门响了一下。很细微的，"砰"的一声。

一股冷风刮了进来，站在吧台里的年轻侍者猛一激灵。

我看了看墙上的仿古旧钟，恰好是晚上十一点二十分。

外面，雨一定还下着。因为这个二十六七岁，高个子大圆脸的小伙子进来时，盖着皮肤的衣服，以及没被衣服盖着的皮肤上都蒙了层水珠。就像惊悚片里凶手的眼睛，扑闪闪亮着。小伙子朝胖子他们坐的位置望了望，迟疑了一下。又抬头看看钟，然后，就在墙边的一张靠椅上坐了下来。

他看到了我。笑了笑。

"嘿。"他说。

"嘿。"我也说。

和小伙子打招呼的同时，我还听到了两个女人的说话声。

黑衣女人在问："就是他？"

紫衣女人沉着头，回答的声音很轻："嗯。"

小伙子叫马力。我想，为了把这个雪夜里发生的事讲清楚，在这里，我有必要向您介绍一下小伙子马力。

马力就在小酒店隔壁的博物馆工作。那是个规模不小的博物馆。分成很多分馆。比如陶瓷、家具、玉器、玺印什么的。马力在青铜器馆。他每天的工作，就是站在地毯上不停地说话。

他是这样说的：

"青铜器馆展示了夏、商、西周、春秋、战国直到西汉的青铜器作品。"

或者这样说：

"从类型上划分，青铜器可以分为食器、酒器、盥水器、乐器、兵器和杂器这几部分。"

是的。马力是博物馆青铜器分馆的讲解员。因为每天上班说话太多，并且几乎都说同样的话。所以，下班后的马力就很少讲话了。有很多人是这样讲的："小伙子人不错。就是……就是稍微有点……怪。"不过，我是真不知道马力怪在哪里。我倒觉得他面善。就像很久以前就认识一样。每次来小酒店，他总会朝我多看两眼。咧开嘴，笑笑。然后再打招呼。

"嘿。"他说。

我记得，头一次见到马力时，他就坐在那个临窗的座位上。还别说，那可真是个好位置。往那里一坐，喝上一杯淡酒或者果汁，再往椅背上一靠，可以看到外面整半条街道。

那天真是个好日子。艳阳天。太阳照在外面那些百叶窗上，很多东西都留下了影子：树叶，麻雀，风，几张吹起来的废纸，穿小碎花睡衣的女人，还有一条花斑狗——它两腿撑地，上身挺直，嘴巴里发出"哧哧哧"的喘气声。再远些，一辆洒水车，就像一只巨大的甲壳虫，慢慢爬行着。

青 铜

天很蓝。简直没法说到底有多蓝。那种蓝，真让人想把它抱在怀里，捂上一捂。再死命亲上一口。蓝呵。只有真正看到了，你才会忍不住嘀咕起来：

"哦……哟……这可真是……"

那天马力坐在那里等他的女朋友。他女朋友的名字我是后来才知道的。

她叫小丽。

马力招招手，要了瓶啤酒。

啤酒杯很大。在灯光下显出一种金属的光泽。马力倒酒动作很快，麦芽色的酒顺着杯壁迅速上升，然后在杯口开出花来。

"喝啤酒有点凉了。"年轻侍者走过来，把溢在桌上的啤酒沫揩掉，收走空酒瓶，轻声说道。

"再来三瓶。"

"什么？"

"啤酒，再来三瓶。"

现在，胖子陷在沙发里的身体，就像系了绳子的氢气球，不时往上蹦一下，再蹦一下。而胖子的眼睛，则像夜森林里的兽眼，雪亮雪亮，几乎都能听见轰轰的雷电声。

事情终于变得有趣了。很明显，两个女人对刚进来的小伙子很感兴趣。特别是那个有着黑眼圈、眼皮又耷拉下来的女人。两个人一直在叽叽喳喳说话。不过，自从小伙子进来后，她们的说话声好像轻了些。黑衣女人一直在问着什么，紫衣女人则低声回答着。

"还没入港，还没入港呀！"胖子很得意，把身边的一个小马仔拖过来，凑到他的耳朵上，一阵唾沫星子乱溅。

而这时，马力已经要第五瓶啤酒了。

年轻侍者飞快地跑动着。他手里拿了块新擦布。啤酒沫不断溢出来，即便是换过的擦布，这会儿已经又湿了一大片。他跑过胖子和鸭舌帽他们身边时，被鸭舌帽伸出的手一把抓住。

"他会喝醉的。"鸭舌帽指了指正拼命喝啤酒的小伙子，说道，"一个人在酒吧里喝醉，最麻烦了。最后钱都可能不付。"

年轻侍者耸耸肩。朝远处看了一眼。他接下来回答的这句话，一下子让鸭舌帽他们有点摸不着头脑。他是这样说的，有点像自言自语，他说：

"他可不是一个人。"

接着，年轻侍者抬起头，看了看挂在墙上的仿古旧钟。

已经快要十二点了。还有十五分钟。

博物馆旁边小酒店里的一场冲突，终于在午夜过后爆发了。

青铜器馆的年轻讲解员马力，用小酒店里的一件青铜小摆设，砸伤了一个正在那里喝酒的生意人。

当时的情形是这样的。

快到十二点的时候，小伙子马力可能有点喝多了，突然趴在桌子上哭了起来。邻桌一位穿紫衣服的女士，走过去安慰他。说着说着，这位女士竟然也莫名其妙地哭了起来。这时，十二点的钟声敲响了。马力突然站起来，冲到临窗那个座位那儿，大叫着，让他们让位子。这种奇怪的事谁都没料到呀，都愣住了。等到缓过神来，又都喝多了酒，说话声音就高了起来。

说着说着，其中一个胖子，突然冲着马力嚷了句：

"干吗干吗，又不是死了婊子！"

接下来就出事了。马力操起旁边博古架上的一个青铜小摆设，眼睛眨都不眨地，就朝胖子的头上砸了过去。

"去死吧！"他说。

不过，知道内情的小酒店年轻侍者很为马力不平。

"唉——"他一直都在唉声叹气，好不容易才把事情说清楚。

就在半年前的一个晚上，这条街上出了一场车祸。晚上十二点钟的时候，一个穿马路的年轻姑娘给压死了。当时，她正来这个小酒店赴一个约会。她跑得太快了，手里还捧了束鲜花，根本就没注意到那辆飞驰而来的卡车……对，正如您猜想的，她叫小丽，是马力的女朋友。

从那以后，每天晚上的十二点钟，小伙子马力都会坐在那个靠窗的座位上。

"已经半年了。"年轻侍者说。他揉了揉因为欠觉而有些发红的眼睛，又说道："他从来就不相信她已经死了。"

至于那两个神秘的女人，年轻侍者说，穿紫衣服的是他表姐，黑衣服则是表姐的朋友。他表姐很早就听说了马力的事。她前一阵刚离婚，心情特别不好，有时竟会对他说，其实，她倒挺羡慕那个死去的女孩子……

好了。小伙子马力的故事就是这样。至于我嘛，我就是那天晚上博古架上的那块青铜。

我叫觚，是一种酒器。很早的时候，因为我的身上刻了许多奇怪的花纹，一般人是看不到我的。不过后来，这种情况有了改变。就在两千年前，那个怕死的皇帝四处寻找长生不老的药，派了五百童男童女出海。我也跟着去了。在路上出了点事。一对童男童女好上了。结果女的要给烧死，男的则被做成了秦俑。临死之前，他们都喝了点酒。我很伤心，哭了起来。所以后来，他们喝酒的时候，就把我的眼泪和酒一起喝下去了。等到他们死了以后，我悲恸过度，昏了过去。醒过来时，不知怎么就躺在这个小酒馆里了。

据说，就因为我，这个小酒店在核定等级时给追加了一级。直接的效益是：每瓶洋酒可以加价三十，啤酒要少些，只有五到十元。当然，最终是十元。这点，您一定不会猜错。

您要知道，有些时候，青铜也是会说话的。但就像青铜上面的铜绿，花点工夫，也就去掉了。不过，要再让它长出来，可就要两三千年的时间啦。所以呵，说完这一次，我就会闭嘴。再也不说了。

哑

1

在时断时续的秋雨里，蔡小蛾沿着小吃广场的青灰色石板路，整整走了三个来回。

人生不如意十常八九。这话说起来谁都清楚、明白。但当十一月的秋风秋雨里，一个女人左手撑伞，右手拖着黑色旅行箱，脸色铁青地在同一条路上走了三个来回时，事情或许就有些严重了。

现在，雨水正顺着伞面滴滴答答往下掉。这说明雨虽然时断时续，但其实从来就没真正停过，并且还可能一直下下去。女人穿着浅米色秋衣，衣领竖着，脚上的黑皮鞋则泥渍斑斑……这表达的意思是，女人确实走了很长一段时间。或许被人看到的是三个来回，而真实意义上根本就不止这个数字。

她遇到什么麻烦了。这麻烦或许还真不小。由于这个前提，一些猜测便有足够的理由成立。比如说，她右手拖着的那只黑色旅行箱。它的体积倒是不大，还不时在石板路上摩擦出沙沙的响声。但就在皮箱的夹层里，很可能就放着一些解决麻烦的方法：安眠药，毒鼠灵，敌敌畏，一把很容易就能割开动脉的锋利小刀。还有，一星期后去海岛的预订票——在那里，茂密的山间树林，以及巨浪滔天的暗色海滩……这些都是了结问题的相当不错的地点。隐秘，诗意，神鬼不知。特别是对这样一位还算年轻并且也体面的女人来说。

虽然主意已定，但在打定主意和付诸实施之间的那段时间里，还是容易让人感觉无聊与伤感的。就像将死的天鹅跳起忧伤的舞蹈，古道上的纤夫唱着让人落泪的纤歌，恋爱中的女人穿上嫁时的衣裳。女人觉得自己也应该做些什么。随便什么。

她的目光停留在一根电线杆上。那是竖立在小吃广场西面的电线杆。像这样的电线杆，从南到北，石板路上一溜排了好几根。而女人恰巧就站在这一根的旁边。

电线杆上贴着好几张字条。有些已经被雨淋得面目全非了。只有一张还是清晰的。

她凑上去，仔细看了一下。上面是这样写的：

"诚征四岁男孩临时看护。待遇面议。联系人：陆冬冬。"

2

拖着黑箱子的女人推门而入时，屋里有三个人。

开门的是个嘴唇开裂起皮、脸色苍白的女人。她一只手扶着门框，满脸茫然地看着门口这位不速之客。

"你找谁？"

"陆冬冬——是不是住在这儿？"

"我就是。"

"哦，是这样的……"女人把伞和箱子放在一边，接着又从上衣口袋里掏出一张纸。就是刚才在电线杆子上揭下来的那张。她拿着它，并且还晃了两下。"对了，我叫蔡小蛾，你叫我小蔡好了。"

"哦……你先进来吧。"

刚才还贴在电线杆上，现在却鼻子是鼻子、眼是眼的陆冬冬说道。她关上门，又把蔡小蛾让进屋，安排她在屋角的一张椅子里坐下。

这样，蔡小蛾就看到了屋子里的另外两个人。

一个男人坐在沙发上。他身边放着一小堆器械。听诊器，镊子，钳子，一台红绿指示灯正闪闪发亮的机器，以及一面银色小镜子。

这一小堆东西让蔡小蛾初步得出判断：这是个医生。

很显然，刚才陆冬冬正在和这个医生说话，谈话被蔡小蛾的敲门声打断了。所以现在他们正继续下去。

"你的意思是说……他聋？"陆冬冬说。

"不，他不聋。但他听不见。"医生回答道。

"那么，他是个哑巴？"

"他也并不哑——"

说到这里，医生咬了咬下嘴唇，干咳了一声。

医生似乎很想举出一个恰当的例子。例子一旦举出，问题也就说明了。但事情在这里出现了难度。所以他边说边琢磨着："你这个儿子呵，他的听觉系统是好的……但他确实听不见。他也不哑，但他不会自己开口说话。就好比……就好比……"

他的眼光转到了坐在一边的蔡小蛾身上，不由得眼前一亮。

"这么说吧，就好比我们大家都在一扇门的外面，草地呵，菜场呵，医院呵。这些东西都在外面。我们要踢球，就去草地那儿，要吃西红柿、青椒白菜呢，就去菜场，万一碰上头痛脑热的，医院也在不远的地方。但这孩子不是这样，不是这样……他被关了门里。他一个人待在那儿，再也不走出来了。"

为了说明这个精彩的比喻，医生从那堆镊子、钳子、小镜子里站起身来，以身作则地向门口走去。他这一走动，蔡小蛾就发现了问题：

这医生竟然是个瘸子。

大约走了五六步路，医生走到了门口。他打开门，为了表示出"门里门外"的意思，他还把门留了一条小缝。从那条小缝里，他伸出手，使劲地朝着陆冬冬挥了挥。

"现在明白了吗？我走回来了，刚才那位女士也走回来了——"他用眼光向蔡小蛾这边做了个简短的示意，很快又向陆冬冬那儿转过去，"但是他，你的儿子——他不愿意走回来。"

蔡小蛾看着医生一瘸一拐地重新坐回到沙发上。平心而论，除了瘸，这医生还真称得上是个帅小伙。双肩宽厚，肌肉发达，眼睛里还汪着水……他坐在那儿的时候，你怎么都不会

哑

想到他是个瘸子。但他一站起来，明白不过就是个瘸子。左腿比右腿短了好几寸。就是这样。这个世界就是这样奇怪。

这时，蔡小蛾看到的屋子里的第三个人——也就是电线杆上写着的那个"四岁男孩"，陆冬冬的儿子，瘸腿医生的病人——他正呆坐在窗口那儿。和医生的情况一样，他就那样坐着的时候，可真是个好看的孩子。夏日玫瑰的香气，清晨的第一滴露珠，还有微风里的一声口哨，说的就是他这样的孩子。和同龄孩子相比，他略微要胖些。胳膊、腿、脸蛋那儿都肉乎乎的。他的脑袋很大，有点挂不住似的靠在窗台上。今天妈妈给他穿了件漂亮的海军蓝上衣，衬着他的白皮肤，就像海面上飘过了白云。

只有在和他说话的时候，才能感到有那么点不同。比如现在，陆冬冬向窗口走过去。

"康乐乐。"她叫他。

男孩还是望着窗外的什么地方。窗外是天，是乌云，是远处小学校里光秃秃竖着的旗杆。

"康乐乐，听到妈妈说话了吗？"

她又走近些。并且慢慢弯下腰去。

医生叹了口气。他已经在收拾沙发上的那堆器械了。就在一个多小时前，在自己的小诊所里，他刚送走一个男孩。也是同样的病——自闭症，也就是重度的孤独症。这种病通常病因不明，也没有确切的治疗方式。所以和现在一样，确诊过后，医生能做的，也仅仅就是摇头叹息了。唯一不同的是，那个男孩是父母两个陪着来的。他们拿着诊断书，女的当场就哭出来了。男的搀着她。医生在男的肩上拍了两下，说："会改善的，要是教育得当的话。"说这话的时候，他自己都觉得心虚。他清楚地知道这些孩子将来的命运。就如同知道，他的瘸腿每次着地时细微的触觉。那些孩子……一个一个，他们的脸在他面前浮现出来，胆怯，木然，羞涩，然后便日渐粗糙。

"医生。"陆冬冬再次向他转过脸来。一般来说，女人遇上很好或者很坏的事情时，总是这样的。总是不相信。总是要再问一次："他……会变成傻子吗？"

"他的智力没有问题，"医生小心地斟酌着字句，所以语速变得缓慢起来，"其实身体也没问题……"

"但他不说话，也不想听我说话。"陆冬冬喃喃自语道。

医生忍不住又叹了口气。他看着面前这个女人，不太美，也有些年纪了。她的这个孩子——他会成为她一辈子的负累的。这是件残酷的事情。对于残酷的事，医生通常都有着职业性的漠然。但他是个瘸子。他做梦的时候，大街是平的，草地是平的，就连楼梯也是平的。他知道绝望是怎么回事。所以说，在面对这个女人说话的时候，他想象着自己在雨天穿越泥泞之地的情境，尽量轻柔，尽量不伤害她。

他甚至还挺了挺腰板，做出一副信心十足的神气：

"你瞧，他会好起来的……总有那么一天，对吧？他还小，他只不过比别的孩子学得慢一些，是的，稍稍慢一些。你知道，总有些孩子是会慢一些的……如果他们比其他孩子更胆小，也更善良的话。"

瘸腿医生再一次向门口走去。这次可不是做什么比喻，而是一次真正的告别。医生走在前面，他走得比较慢，所以跟在后面送他的陆冬冬也放慢了脚步。她替他提着那只黑漆皮医药箱。里面躺着亮闪闪的听诊器、镊子、钳子、温度计、消毒酒精，还有镶嵌了红绿指示灯的小仪器……虽然在刚才的诊断中，这些东西几乎没一样派上用场的。

蔡小蛾看着他们。男孩，陆冬冬，还有医生。整个的谈话过程，从始至终，蔡小蛾都在静静观看，细细琢磨。蔡小蛾就像一只黑暗中的蛾子。现在，点点滴滴的小念头一闪一闪的，又如同夜色里的萤火。

关于这男孩的病，蔡小蛾觉得自己有点明白了。但好像又不是完全明白。反正，男孩得的是种怪病。这种病既不发烧，也不牙疼。你要是让他伸伸胳膊，他就能伸伸胳膊。你要是让他动动腿，他也能轻而易举地动动腿。你瞧，现在他的两条小白腿就垂在椅子那儿……不管怎样，就这样看上去，他可要比瘸腿医生健康多了。

过了一会儿，传来了陆冬冬上楼的声音。门开了，陆冬冬摇摇晃晃地坐下来，两只手抓住自己的头发……大约有那么四五秒钟的时间，突然，她想起了屋里还有另外一个人。

"你想清楚了，他可是个病孩子。"陆冬冬从沙发那儿抬起头来，默默地但又意味深长地看了蔡小蛾一眼。

"当然，我当然知道——他是个病孩子。"

这时陆冬冬开始仔细地打量蔡小蛾。很显然，看上去她可不像个当保姆的。

"那么，价钱怎么说？"陆冬冬问。

"随便。"

"随便？"陆冬冬有点不相信地重复了一遍。

"是的，随便。"

这显然不是能让陆冬冬放心的回答。所以她沉默了一会儿。而蔡小蛾仿佛已经看透了她的心思，相当镇静地说道：

"我也是个女人……其他我没法说什么，但至少我也爱孩子……你放心，我会心疼他的。"

3

蔡小蛾给男孩换上新衣服、新裤子。

蔡小蛾为男孩倒了杯热牛奶。

蔡小蛾端来一只方凳子，把男孩抱上去。接着又端来一只圆凳子，放在方凳子的对面，给自己坐。

"来，跟着我说。这是树，树——"蔡小蛾指着窗外的一排老树，做着夸张的嘴形。

"树上站着什么呢？是鸟，鸟——"

"从树叶中间跑过去的又是什么呢？是风，风——"

但这样的努力显然是徒劳的。男孩坐在方凳子上，一脸迷茫。蔡小蛾甚至觉得他根本就不看自己。根本就没有办法让他对一件事情感兴趣。蔡小蛾对他说"树"的时候，他恍恍惚惚地看着自己的鼻尖。蔡小蛾做出雄鹰展翅的姿势，"鸟"，她说，但男孩莫名其妙地笑了起来。接下来，蔡小蛾说"风"，男孩突然整个地扑到了蔡小蛾怀里去。就像一头撒娇的小兽。

没法和男孩交流，因为首先他根本就不看你。他不会因为你看着他，就觉得自己也应该回看你一下。同样地，你给他指出了一个世界，要牵着他的手，慢慢地把他带进去。谁都在那个世界里活着，但他甚至连看都不想看一眼——这就是男孩康乐乐和这个世界的关系。

蔡小蛾觉得有些哭笑不得。

中午，蔡小蛾在厨房炒菜。炒着炒着，她突然想到了一个问题。是这样的：因为陆冬冬要去上班（现在蔡小蛾已经知道，陆冬冬是一位中学语文老师，而中午和晚上还兼着两份家教），所以男孩的中午饭就得蔡小蛾来准备。她今天想给男孩烧木耳小母鸡汤，双菇苦瓜丝，还有香菇豆腐，所以一大早她就去菜场买了一只鸡，两条苦瓜，三两黑木耳，几块豆腐，还有些香菇和金针菇。又因为买了这些东西，所以就还得添上葱、姜、盐、酱油和香油。然后呢，炒菜需要油锅，有了油锅，又需要把它放在灶台上，所以厨房是必不可少的……这些东西一个紧挨一个，彼此需要，彼此牵制。这就是一个秩序。世界上所有的事情，其实都有这样一个秩序在里边。

蔡小蛾想，男孩的问题就在于他是拒绝秩序的。只有两种人具备这样的决绝。男孩康乐乐是一种。至于另外一种，蔡小蛾想起有一个失眠的晚上，在黑暗里，她问自己："你为什么要死？"隐隐约约的，她听到有一个声音这样回答："因为我不想活了。"从这一点来看，蔡小蛾觉得自己与男孩倒是同一类人。

饭好了，菜也好了。蔡小蛾把它们放到饭厅桌子上，然后，又洗了手，抹干水渍。做完这些事情以后，她朝着男孩的方向习惯性地叫了一句：

"好了，吃饭了。"

突然，她想起了什么，猛地回过头来。

男孩正坐在椅子上，用心地啃着自己左手的大拇指。蔡小蛾叹了口气，走过去，小心地把他抱下来。似乎是为了回答自己刚才说的那句话，她低低地又把它说了一遍："好了，现在咱们去吃饭了。"

几天下来，她倒是真有点喜欢他。这个肉乎乎，眼神呆滞，什么都不听、什么都不管的小家伙。这是她答应住在陆冬冬家的主要原因。另外，她也喜欢只有他们两个在家时的那种安静。那才叫安静。能听见窗外秋风刮过时树枝折断的声音；一只野狗懒散地趴在楼底下，眯着眼睛晒太阳；有几次，她走到那只黑色旅行箱那儿——自从进了陆冬冬家，它就躺在她住的那间小房间的床底下。这是间朝北的屋子，紧挨着男孩的房间。

她打开那只箱子。仔细地摸索一下。发一会儿呆。然后，再把它关上，重新塞回到床底下。

现在，男孩吃完了饭，正坐在外间沙发上。他又开始啃自己的手指头。不过这回不是左手大拇指，而是换成了右手的食指。蔡小蛾皱着眉头看他。当然，这个动作其实并不说明男孩对自己的手指感兴趣。他对什么都不感兴趣，对树不感兴趣，对鸟不感兴趣，对风不感兴趣。所以同样地，蔡小蛾认为他对她——蔡小蛾也不感兴趣。这种游离与漠然的结果是：

在这间屋子里，蔡小蛾觉得自己获得了无限大的自由。而这，则是她现在最需要的。开始的几天，她的睡眠突然改善了，强烈的头痛也缓解了不少。

4

这天晚上，发生了这样一件事情。

哑

和前两天一样，蔡小蛾安排男孩睡下，又仔细检查了他的卧室，然后就回自己的小房间睡觉了。也不知过了多久，迷迷糊糊地，她听到了敲门声。

门口站着陆冬冬。她穿了件蓝底白条的绒睡衣，腰带松松垮垮地系着。她的头发也显得有些凌乱，一看就是刚从床上爬起来的。

"你……睡了吧？"陆冬冬说。

也不知道是自己睡眼惺忪，还是光线的问题，蔡小蛾觉得陆冬冬的神情有些古怪。她迟迟疑疑地点了点头，然后又本能地问道："现在几点了？"

"一点多吧。"陆冬冬说。还没等蔡小蛾对这个时间发表看法，她又说道："我……能进来吗？"

在蔡小蛾的房间里，陆冬冬待了一个小时左右。在这一个小时里，陆冬冬先是仔细询问了男孩这几天的情况：饮食、体温、睡眠、大小便，还有，他的注意力能集中些吗？他左胳膊上摔破的伤口是否好些？……蔡小蛾一一作答。但与此同时，蔡小蛾又不由得心生疑虑。"为什么？为什么要在半夜一点钟问这些呵？"她想。这样想着，她就忍不住抬头去看陆冬冬。在昏暗的床头灯下，陆冬冬的脸有点发青，眼圈也黑着，相当憔悴。"这么累，干吗还不睡？"蔡小蛾又想。她正这样想着，陆冬冬的下一轮问题又开始了。

她先是站起来，看了看蔡小蛾睡的床："被子还暖和吧？"

接着她又走到朝北的窗户那儿："这扇窗不太严实的，雨下大了就有点漏。"

后来，她的目光在那只黑色旅行箱上面停留了一两秒钟。睡觉以前，蔡小蛾把它从床底拖了出来，现在，它正静静地靠在墙边上。

"要是有贵重东西的话，放抽屉里吧。钥匙我明天给你。"

午夜时分，男孩母亲表现出一种非常强烈的谈话的愿望，直到终于告辞离开蔡小蛾的房间时，似乎仍有点意犹未尽的样子。蔡小蛾看着她穿过黑暗的客厅，重新回到自己的房间。也不知道为什么，蔡小蛾觉得，今天陆冬冬的背影显得特别虚弱、瘦小、犹疑、无力……就像走一半就要摔倒似的。

蔡小蛾关上门，重新躺回到床上，睡意却完全淡了。她翻了几个身，感到太阳穴那儿又隐隐作痛起来。

"只能明晚再好好睡一觉了。"她这样想着。

5

蔡小蛾没想到，到了第二天晚上，陆冬冬又来敲门了。

她还是穿着那件蓝底白条的绒睡衣，腰带松着，长的那端一直垂到地上。头发却纹丝不乱。所以蔡小蛾几乎没法判断，她究竟是从梦中醒来，还是根本就没有上床睡觉。

这次陆冬冬什么也没说，就径直走了进来。

蔡小蛾带上门，跟在后面。她揉揉眼睛，犹疑了一下，还是忍不住说道："刚才……我去他房间看过了，他睡得挺好。"接着，蔡小蛾又伸出两根手指，在太阳穴那儿用力按了几下。

但陆冬冬一点没有要走的意思。她一只手撑着椅背，有点吃力地坐了下来。她的样子实在是糟糕透了——她的手从皱巴巴的睡衣袖子里伸出来，拿着蔡小蛾递给她的杯子。但那杯子连同杯子里的水，一到了她的手里，却像得了热病似的，充满神经质地不断发抖。她的脚光着，右脚上套着左脚的拖鞋……左脚倒是没穿错，但那分明是另一双鞋的左脚。

"你……没事吧？"蔡小蛾盯着陆冬冬奇怪的左脚，小声问道。

"没事，我没事，就是睡不着，找你聊聊天。"陆冬冬把手里的杯子放下来。突然又觉得不对，重新拿起来，喝了一口。

蔡小蛾在床沿上坐下来。她的脚触到了床底下的什么东西，她下意识地往里踢踢。方方的，硬硬的，应该就是那只黑箱子。她又抬起脚，用了点力，再往里踢了几下。

陆冬冬倒是一点没在意蔡小蛾的动作。她坐在床边的椅子上，手里捧着那只杯子。"带康乐乐……真是辛苦你了。"她幽幽地说着，眼睛则看着手里的杯子。

蔡小蛾按住太阳穴的手停了下来。康乐乐——她的眼前浮现出那张好看但又愚笨的脸；他永无止境地对自己的手指头感兴趣，以及几乎永远挂在脸上的口水、鼻涕；有时他不肯吃饭，她忍不住打他两下，他却冲着她咧开嘴笑了；还有一次，她给他穿衣服。穿着穿着，她的眼泪突然掉下来了，一串连着一串，怎么都止不住。说也奇怪，这孩子一向是声东击西，你指南、他朝北的，那天却突然对她脸上的液体感起兴趣来。他伸出一根白白胖胖的手指，小心翼翼地碰碰她的脸，碰碰她脸上那些咸津津的东西。后来他一定明白了那东西的味道，因为他重新把那根手指放进嘴里，一边啃，一边眼睛亮闪闪地看着她……这真是个奇怪的小东西。乱七八糟的小东西。

"也没有，他其实还是挺乖的。"蔡小蛾脱口而出。

"再说，那天医生不也说了，他会好起来的，他会慢慢好起来的。"蔡小蛾觉得，除了想要安慰陆冬冬的部分，自己也并没有完全在撒谎。

"医生？"陆冬冬摇摇头，"他们全都这么说。"

"全都这么说？"

"为了这个孩子，"陆冬冬抬起头，几乎是恶狠狠地瞪了蔡小蛾一眼，"那天你见到的，已经是第二十三个医生了。"她赌气似的，把杯子里的水一口喝完："我知道，其实我都知道，他们全都在骗我，全都在撒谎。"

陆冬冬让蔡小蛾去冰箱里拿点酒来。蔡小蛾拿着一瓶酒、两只杯子回来时，脑子里突然莫名其妙地蹦出一句话："第二十三个是瘸子。"她甩了甩头，那句话却一点没有被甩掉，还在那儿蹦来蹦去地："第二十三个是瘸子。"

等到两杯酒下肚，那句话才终于被抛在了脑后。而陆冬冬的脸上渐渐见了血色，话也有点多了起来。

她拉了拉蔡小蛾的手："你知道吗？发现他的问题以后，我见得最多的就是两种人……"

"两种人？"

"对，两种人。医院里的医生和寺庙里的和尚。"

"和尚？"蔡小蛾扬了扬眉毛。

"是呵，大部分遇到的和尚，是因为我去庙里求签。但也有例外的。有一次，我带康乐乐出门，在一条很热闹的大街上，一个穿僧衣的人迎面拦住了我们。那人长得很高，黑黑的，光头，穿一件浅灰色的长衣服。他在康乐乐面前蹲了下来，伸出一只手，摸了摸康乐乐的头。他那只手可真是大，足足有我的一个半还不止。后来，他站了起来，对我说：'你的这个孩子呵，他是个神。'……"

蔡小蛾张大了嘴巴。她以为自己是听错了，吃惊地问："什么？"

"是这样的，"陆冬冬的眼睛这时有些迷茫起来，"他说康乐乐的头上有一个光环……这当然是瞎话。他还说康乐乐到了八岁就会说话了……这种事情谁知道，谁都不敢说，就连医生都不敢说的。但他临走时很长地叹了口气。'等他会说话以后，头上的光环就没了，就给磨掉了。'说完这句话，他又蹲下来，摸了摸康乐乐的头。然后就头也不回地走了……你说这件事情有多怪，后来只要一想起来，我就觉得怪。"

"你不觉得怪吗？"陆冬冬突然问道。

蔡小蛾没提防她会这样问，一时不知该说什么。

"还有一次，"陆冬冬不等她回答，接着又说道，"我带康乐乐去看病，那家医院旁边恰好有个寺院，看完病，我就去求签。那天医生把康乐乐的病说得特别严重，所以我心情很不好。但求签的时候却求了个上上签，上面写着五个字：人善天不欺。那天我特别地失态，也不管康乐乐在旁边，'哇'的就哭出来了。后来我忍不住问那解签的。我说，我那么诚心，来了那么多次，但我希望的事却一直没有发生，这是为什么？"

"你猜他是怎么回答的？"陆冬冬打住了，有点紧张地看着蔡小蛾。

蔡小蛾摇摇头。但从她绷紧的嘴唇，以及下意识的手的动作看起来，她其实也相当紧张。

"他看了我一眼，很平淡地说，'那只能说明你的心还不够诚'。"陆冬冬停顿了一下，仿佛又把这句话重新过滤咀嚼一遍，"换了你，你会相信吗？"

"相信什么？"

"相信……相信有一天，康乐乐突然会说话了。"

陆冬冬死死地盯着蔡小蛾的嘴巴。仿佛从那张紧闭的嘴巴里面，随时都会蹦出鲜花、香草，蹦出穿着衣服的白猫，去而复返的光头和尚，或者已经开口说话的康乐乐一样。

6

陆冬冬的夜间来访一连持续了好几天。一般来说，她会在蔡小蛾的房间里待上个把小时。有时短些，一个小时不到。有时则长些，一个小时过十分钟，或者过二十分钟。这一天，在确认男孩已经熟睡过后，她们去楼下的林荫道上走了走。蔡小蛾穿了一件土黄色的薄呢外套。在她那只黑色旅行箱里，统共才放了一件外套、一件毛衣，还有一套揉得皱不拉叽的内衣。脚上那双黑皮鞋呢，也因为浸水时间太长，皮革纤维变得松软、疲沓。穿在脚上整个大了一码。倒是很像一只汪洋里的小船。陆冬冬还是披着睡衣，只不过在临下楼时，外面又套了一件式样明显过时的外套。但睡衣比外套长了一大截，腰带的两头一前一后，一头从外套敞开的前襟那儿垂下来，另一头则随着陆冬冬走动的步伐，不断拍打着她的两只小腿。

在离她们不远的路边，传来一声很闷的狗叫。

一个治安联防的，拿着手电筒在她们身上扫了几下。接着，光圈又落到了旁边的香樟树上。好像树丛里躲着小偷、抢劫犯，或者纵火者一样。几天以前，蔡小蛾打着伞、拖着黑箱子来的时候，几乎没有注意到这些枝冠浓密的树。而现在，她的生活里除了这些树，还突然多了一个自闭症男孩，一个绝望的母亲——这位名叫陆冬冬的母亲需要她。凭借女人敏锐的直觉，蔡小蛾早就看出了这点。但是她为什么需要她？仅仅因为男孩确实离不开一个照顾他的看护？

蔡小蛾想起了一件事情。就在早上，她整理房间的时候，无意中发现陆冬冬床边打开的抽屉里放着好几只药瓶。出于好奇，当时蔡小蛾拿起来看了一下。结果吓了一大跳。有些药名她熟悉，有些药名她不太熟悉。而她吓了一大跳的原因则在于，那些熟悉的药名，恰恰和她放在黑皮箱夹层里的一模一样。

她手里拿着药瓶，站在那儿，犹豫了几秒钟。最后还是把它们放回了抽屉里。那些药，它们或许说明了什么问题。但或许也并不能说明什么。然而不管怎样，出于对男孩的责任心，蔡小蛾觉得，有些话她还是应该提醒陆冬冬的。

"孩子还小，"她清了清嗓子，但同时又把声音压低了说，"家里有些东西最好放在他取不到的地方。"

陆冬冬一时没反应过来。但她一定也想到什么了，一脸讶然地看着蔡小蛾。

蔡小蛾只好硬着头皮往下说。

"比如说，小刀呵，打火机呵，药瓶呵，"说到药瓶的时候，蔡小蛾停顿了一下，但最后还是决定艰难地把话说完，"有些抽屉……最好能锁起来……锁起来就好了。"

在月光下，蔡小蛾觉得陆冬冬的脸色一会儿泛红，一会儿又有些发白。这个印象多少有点分辨不清。

如果是泛红，应该是陆冬冬在谴责自己不该有的疏忽；但要是发白的话，那么，刚才对于黑皮箱的联想可能就是成立的。蔡小蛾这样想道。

7

接下来的几天，蔡小蛾在给男孩穿衣做饭，教他说话，打扫卫生，整理房间，以及独自发呆，把床底的黑箱子拖出来、打开、摸索一番，再塞进床底这些事以外，突然又多出了一件事情：

查看陆冬冬房间里的那只抽屉。

这件事情是她完全忍不住要做的。明明知道不应该，明明知道是不好的，是违背道德的，但还是没法控制。做这件事的时候，她觉得自己带有一种好奇、犯罪感、责任心交替混杂的复杂心态。

有一次，那只抽屉真给锁起来了。蔡小蛾凑近了看，上面挂了把小铜锁。锁的边沿还有些斑驳的锈渍。

还有一次，蔡小蛾才轻轻一拉，抽屉就开了。但抽屉里面是空的，什么都没有。

最让蔡小蛾感到尴尬的是，有一天中午，吃完饭，洗了碗，康乐乐也开始在客厅里仔细研究自己的手指头……她鬼使神差地又进了陆冬冬的房间。这回抽屉里没有药瓶，却多了五六张大大小小的照片。第一张是个穿红兜肚的男婴，正对着镜头咯咯傻笑。第二张里还是有那个男婴，不过他被陆冬冬抱在了怀里，还有个男人坐在陆冬冬旁边，戴黑框眼镜，穿白衬衣，系条纹领带，相当精干的样子。但让蔡小蛾感到惊讶的是，照片里的陆冬冬是那样年轻明媚——这哪是那个半夜敲门、憔悴而又苍老的女人呵……

就在蔡小蛾翻看第三张照片时，那扇虚掩的房门突然开了。

康乐乐站在门口。

"康乐乐——"

蔡小蛾听见一只丽蝇"嗡"的一声飞走了，还听见康乐乐咻咻的吸鼻子声（那几天康乐乐正在感冒，鼻尖那儿擦得红红的），但蔡小蛾最清晰记得的，是自己的声音，虚弱，并且……蒙羞。

就像他经常呆呆地坐着那样，那天康乐乐呆呆地站在门口；然后，就像他经常无缘无故地哭一样，那天康乐乐咧开嘴，无缘无故地冲着蔡小蛾笑了笑。

蔡小蛾在康乐乐身边蹲下来，指着照片里的那个红兜肚男孩。

"来，来看看这个，这个是你吗，康乐乐？"

康乐乐笑笑，然后有点不好意思地往后缩缩。

蔡小蛾又指着那个戴黑框眼镜，穿白衬衣，系条纹领带的男人，问道：

"妈妈抱着康乐乐，对吧？这个呢？这个是爸爸吗？"

康乐乐还是在笑。他的身体不断扭动，不断朝后退缩，仿佛蔡小蛾手里拿着一条正吐着芯子，随时都会扑上来的蛇一样。

现在，到了晚上，对于蔡小蛾来说，安静的睡眠重新又成为一件奢侈的事。当然，原因与以前是不尽相同的，至少多了以下两点：首先，陆冬冬很有可能半夜三更来敲门；再有，在发现了那个抽屉的秘密以后，蔡小蛾突然又有些担心起来——如果，陆冬冬这天晚上没有来敲门……

她老是觉得有一些意外的声响。有时候，她猛地从床上跳起来，推开门，竖起耳朵听听。

万籁俱寂。只有风刮过树叶时发出的沙沙声。

好不容易迷糊着睡了，她梦见自己在一个浓雾的清晨，离开了这个房间。她拖着那只黑箱子，穿过一整片的香樟树林。整个天空都飘着牛奶，或者蒸气一样的冷雾，就连树梢上都挂满了水珠。雾气没头没脑地向她扑来，头发，脸，脖子，手臂。并且很快结成了冰。她感到冷，恐惧……她转过身，想重新回到那个房间去。突然，她的手摸到了身边的一棵树。她紧紧地抱住它，手脚并用，拼命往上爬——只要爬到树梢，就可以触摸到朝北的那个窗户。

她跌了下去。

噩梦整夜缠绕着她。第二天早上，她在厨房里见到陆冬冬。令人吃惊的是，陆冬冬竟然也面如纸色，神情恍惚，好像昨天晚上彻夜未眠，又是担惊受怕又是竖起耳朵的人是她一样。

吃早饭的时候，陆冬冬说了一件事。"今天是康乐乐的生日。"接下来，她又告诉蔡小蛾，下午她准备带男孩上街，买点东西，顺便再去拍张生日照片。

她看了一眼蔡小蛾："你去吗？"

蔡小蛾想了想："那么，他五岁了。"

陆冬冬把她的话又重复了一遍："是呵，他五岁了。"

8

这天晚上，陆冬冬敲门的时候突然发现：门开着，而蔡小蛾也没睡，她披了件衣服，正坐在床边的椅子上。

"你来了？"她的姿态和语气，就像断定了陆冬冬一定会来似的。

两个女人面对面坐下，彼此深深地看了一眼，几乎同时张开了嘴巴——

"你先说……"陆冬冬不好意思地笑了笑，还搓了搓手。

"还是你先说吧……"

蔡小蛾仔细地打量着陆冬冬。就在这个下午，她们带着男孩去照相馆拍生日照。摄影师替他选了一身小迷彩服，呱呱叫的小靴子，还有一顶古铜色的军用钢盔。她们费了好大的劲，包括糖果、可乐、巧克力等一系列的诱惑，好不容易才把男孩抱进了那辆道具坦克。

蔡小蛾站在镜头那儿看效果。后来陆冬冬也来了。她明显地觉得陆冬冬在发抖。"他可真好看呵。"她还听见陆冬冬惊叹着说。

现在，陆冬冬就坐在对面。她说话的时候显得特别严肃。这严肃说明了某种凛然的态度，也说明了谈话的重要与确凿。

而今天蔡小蛾认为更应该是后者。

"你能在这儿待多久？"陆冬冬问。

"多久……我也不太清楚。"

"你会很快就走吗？"因为某种奇怪的情绪，陆冬冬的声音就像发着高烧似的。

"这个不好说……我真的不知道。"

"我想说的是，"陆冬冬直视着蔡小蛾的眼睛，"你别走，我希望你不要走。"

"我从没说过要走……"

"我知道，你头一天来我就看出来了……虽然我不知道是为什么……但我知道你很快就会离开我的，离开我，还有康乐乐，就像……他的爸爸那样。"

蔡小蛾没有说话。这和她想象中的谈话有着很大的区别。她一时还没能跟上陆冬冬的思路。但有个形象是清晰的：那个男人，黑框眼镜，白衬衫，条纹领带，以及凝固在那张照片里的巨大的沉默。

"我晚上经常来敲你的门，你一定会觉得奇怪吧，"陆冬冬继续说道，"其实我真是没办法，一点办法都没有。因为我害怕，我特别害怕，我特别害怕这个屋子里只有我和康乐乐两个人……"

"这又是为什么？"

蔡小蛾觉得谈话越来越离奇了。

陆冬冬咬了咬下嘴唇，又停了一会儿。"他还小，他现在其实一点都不痛苦。但他总会有长大的一天。等他长大了，我也老了，等我老得什么事都没法做的时候……"说到这里，陆冬冬又停顿了一小会儿。仿佛那个抽象的"老"字，已经穿过漏风的窗缝，正式登堂入室似的。

"等到了那时候，等我老了，等我死了的时候，他怎么办？"

陆冬冬的声音变得尖厉刺耳，这问题和声音都是蔡小蛾始料未及的，她有点紧张地看着陆冬冬，担心会有更震惊的事情发生。

果然，陆冬冬说："等到了那时候，他会非常非常痛苦的……非常非常痛苦，即便他自己完全意识不到。每次我这样想的时候，就特别想做一件事情。"

"什么事？"

蔡小蛾听到了自己不规则的心跳声。

"杀了他。"

蔡小蛾瞪大了眼睛，惊讶得完全说不出话来。

"但是，今天下午，我在镜头里看着他……他是那么小，那么好看，那么孤独，在那么一大堆的人群里面……我突然觉得自己是那么害怕失去他……你有孩子吗？你懂得这样的感受吗？"

蔡小蛾摇摇头，紧接着又使劲地点了点头。

"你别走，帮帮我。"陆冬冬急切地说道。眼神里则充满了蔡小蛾熟悉的那种恐惧、忧伤和焦灼。

9

几天以后，也是一个下着秋雨的日子，一个穿着毛衣、头戴绒线帽的女孩子蹦跳着走过小吃广场。她的手里拿着一根玉米棒，边走边啃，看上去吃得很香。

她在广场西面的电线杆那儿站住了。东张西望着，可能在等什么人。

过了一会儿，她的注意力被电线杆上的一张字条吸引住了。她小声地念了出来：

"诚征五岁男孩临时看护，待遇面议。联系人：陆冬冬，蔡小蛾。"

春风沉醉的夜晚

1

我，夏秉秋，查丽丽。

我们三个最后一次见面是在两年前，柏林自由大学的一次学术会议。当时我们的关系如下：我和夏秉秋同时被邀请参加会议，夏秉秋是德籍华人，常居柏林，而我从上海坐德航经法兰克福转道柏林。我们素不相识。至于查丽丽，她是我十八岁以后的闺密，这样的关系已经延续了差不多另一个十八年。那一阵她正好在德国修最后的MBA课程，有个短暂的假期。于是她决定来柏林和我见面。当然，与此同时，也见到了同样素昧平生的夏秉秋。

就这样看起来，事情似乎是相当新奇而愉快的。毫无疑问，我和查丽丽都很喜欢夏秉秋，这位戴深色琥珀框架眼镜的中年人，消瘦，严肃，同时又拥有一种微妙肉感的幽默。他带我们在暴雨中的柏林博物馆岛转了两天，又在威廉皇帝纪念教堂前的广场享受了一下午咖啡时光。这两件事也可说虚荣，也可言着实快乐充实，单看你如何理解。反正我和查丽丽相当为此着迷。

为了较为精确地复述当年这段争风吃醋的风流韵事，我得把我和查丽丽，以及我们之间的联系再次简单介绍一下。我和查丽丽都出生于准工人阶级家庭，以我的资历和后来累积的人生经验，我猜测早年的查丽丽孤僻，内向，相貌清秀但略显平板。在成长过程中，我们都接受了还算不错的教育，在各自的领域有所发展；同时我们还热爱时尚，经常添置一些光鲜的衣物。凡此种种，都让我们的家庭背景在一些非熟人圈中显得有些神秘莫测，不好估量。在那个阶段，还有一方面我和查丽丽非常相似：对于比我们穷或者看起来比我们穷的那一类人，我们几乎完全不感兴趣。恰恰相反，我们所有的人生经历以及后来的努力，都是为了尽可能地远离他们……

当时我是上海一所二三流高校里的普通教师，之所以有机会去柏林参加那次会议，真正原因是系主任另有急事，当然，他平时打量我的时候，眼神里也常有一种不难猜测的异样……不管怎样，我完全就是个替代品，就连会议上我的席位卡也是匆匆赶就，其间还出了一个小小的差错。然而，无论如何，出席这样高朋满座、名流云集的会议，着实让我兴奋激动了一下。正是出于这种微妙的心态，我联系了在另一个城市里的查丽丽。

"我在柏林……开学术会议呢！"

我听到电话里自己那欢快雀跃的声音。

现在就要讲到我的另一个奇怪的爱好，从很小的时候起，我就具有一种辨别声音的能力。其实事情本身远远没有这么玄妙，或许，只是我的听力较于常人要更敏锐一点……那些更细微的、被常人忽略了的东西，它们，在我的耳朵里，被有效地放大并识别了出来。确实，这是一件很有意思的事情。

然后，我听到了电话那头传来的查丽丽的声音。

"是吗是吗，学术会议？有很多人参加吧……"

查丽丽的声音一直有一种向上飘浮的意味。她的声音和她现在的职业走向是一致的。她读MBA时向我借了一点钱。她很直率，这是她的好处。她坦坦荡荡地告诉我，对于她来说，修这个学位只不过为了提高自己的社会地位，找个好工作。当然，运气好的话，在这个过程里，或许她能遇到一个合适的人。

查丽丽向柏林自由大学飞来的时候，我就一直在想着，与其说她来看我，不如讲，她暗暗觉得，在这个高规格会议的某个角落里，正暗暗地藏着那个"合适的人"。

这种小把戏、小心思我也有，所以她即使不明说，我也完全明白。

开会的人我几乎一个都不认识。他们是专家、学者、教授……他们很有礼貌地向我打招呼，微笑，有点狐疑地看着我，再次微笑……最终，他们回到自己的圈子里去，把我孤独地甩到了一边。

夏秉秋就是在这个时候出现的。他陪我一起吃自助餐，在校园里散步，我拿着系主任发言稿代为朗读的前一天，他还特意交代了一些国际会议中必须注意的细节。你知道，这样一个人的出现无法不让我感觉温暖，甚至都有点涕泗横流的感觉了。

发言结束后，夏秉秋约我第二天下午去柏林威廉皇帝纪念教堂前的广场喝咖啡，而就在那个傍晚，查丽丽到了。

于是，第二天下午，我们三个人，不，还有另一位夏秉秋的朋友，那是一个下巴浑圆、脸色微红的中年人，和夏秉秋差不多年纪……夏秉秋含含糊糊地把他介绍给我们。此人姓葛，于是我们都唤他作"葛先生"。

葛先生话不多，好像有着什么心事。当然了，也有可能他只是要把说话的时空留给夏秉秋。夏秉秋一直在不停地说，而葛先生默默地喝着咖啡，偶尔停下来看一眼夏秉秋，微微笑一下。

他俩看起来交情不错，仿佛还挺默契似的。但很快，我和查丽丽的注意力就被夏秉秋见多识广、古怪精灵的谈话吸引过去了。

夏秉秋先是讲了一件与声音有关的轶事。他说，很多年前，他曾经在东德生活过一段时间。在那里，他遇到一位奇怪的男子。那人的工作是收集不同的人的声音。譬如说一连三个月不见雨水，他便要背着沉重的机器收集水务局官员的声音；或者是一连十天淫雨不止，此人又得背同样一部机器收录水务局，或者是天文台的官员和木屋居民的声音。

因为夏秉秋讲到了声音，我觉得有趣，于是手肘撑在咖啡桌上，望向正滔滔不绝着的夏秉秋。

很显然，查丽丽也被什么东西吸引住了。她张大了嘴巴，像是要把夏秉秋一口吃下去似的。

而这时，夏秉秋突然话锋一转。

"对了，你们知道王道士的事吧？"他把头转向查丽丽，很快又朝我侧过来。

"王道士？"

"是的，就是敦煌那位王道士。"夏秉秋冲着我们挤挤眼睛，就如同一个偷藏了糖果的调皮小孩。

夏秉秋说，那位王道士，湖北麻城人，家贫，为衣食计，逃生四方，后来还把敦煌珍贵的经卷卖给了外国人；故事的前半段大家都知道，关键在于后面那部分。按照夏秉秋掌握的材料，王道士后来没有那么多真经可卖，就开始伪造经卷，他使用了一种简单却又离奇的方法：用"1"、"2"这两个数字组成混乱的图案，这种上下左右、颠颠倒倒的组合，成功而完美地骗过了购买者以及观赏者的眼睛，直到几十年以后，才被研究者发现。

……

现在回想起来，那个阳光明丽的柏林下午，从头到尾都笼罩在一种纠缠迷离而又有些诡异的氛围之中。显而易见，我和查丽丽都被夏秉秋迷住了。他在讲述一种我们没有经历过的生活，比我们的要宽，仿佛也比我们的要高很多。我们争先恐后地奔向那种东西，围住那种东西，就如同我们当年去高级商厦闲逛购物一样。我和查丽丽彼此都看到了对方眼睛里的光亮。

我们太相互了解了。

而那位葛先生，对了，我们差点完全忘掉了那位葛先生。他一直低头不语，比我们每个人都多喝一杯咖啡。直到夏秉秋口干舌燥、说话暂告一段落时，他才悠悠地说了几句话。

说虽不多，却着实让我们愣住了。

他表示的好像是这样的意思，说夏秉秋确实是经历丰富的人，不说其他，"他第一任妻子是阿根廷左派，第二任则是波兰的共产主义战士"……

夏秉秋轻轻地阻止了他，于是葛先生便没有把话再接着说下去。然而这样的事情已经完全超出了我们生活的半径，查丽丽张大嘴巴，发出一声干涩的"呵——"。

而我，则清晰地听到了，从自己喉咙里冒出来的如同泉水般的咕咕声。

我不能判断葛先生所说的是真是假，很可能只是老熟人之间的调侃，没有确定意义的。也或许只是葛先生看到夏秉秋那天风头出尽，找点小插曲取笑取笑而已。

那天后来葛先生告辞先行，我注意到夏秉秋站起身，他们俩在树荫下窃窃私语了几句。还有一个细节，临走时，葛先生特意走过来问我们要了联系方式。根据女人的直觉，我认为他真正想要的是查丽丽的而并非是我的。当然，我并不在乎这个。我想，查丽丽也同样如此。

接下来，那个柏林的晚上，我、查丽丽、夏秉秋一起共进晚餐。

我们吃饭的地方在施普雷河边一家又窄又长的酒馆里，灯光昏暗，到处是啤酒杯叮叮当当的碰撞声。不知什么时候又下起了雨。我记得那天查丽丽喝了很多黑啤，我则显得有些莫名地忧郁。我在临河的窗口站了一会儿，远远能看到威廉皇帝纪念教堂的尖顶。白天的时候我进去转了一下，黑乎乎的墙体上残留着弹孔，几乎还能闻到二战期间炮火的气味。它就像一个受伤的庞然大物，黑暗，破旧，我弄不明白，德国人为什么一直没有放弃它。

我站在饭店窗口的时候，可以不时听到查丽丽因为兴奋而发出的尖叫声。我的心情像天边的乌云一样变得阴沉起来。说真的，我有点后悔同意查丽丽来这里相会。这无疑是一个荒唐的决定。否则的话，与夏秉秋共进晚餐的将是我，仅仅是我。我和夏秉秋会延续着关于王道士的讨论，听着雨水发出的那种微弱的声音，它落入施普雷河里，然后消逝，然后，会有另一种东西清晰地伸展出来。

如果事情是那样的一种形状，我不会突然想到那个如同阴影般的教堂尖顶，我更不会如此烦恼而又无可奈何地去思考这样一个问题：

夏秉秋，这个男人，到底是对我，还是对我的朋友查丽丽更感兴趣一些。

不过，话又说回来，就当时来说，与其讲这是一个严肃的问题，不如说只是一种微妙的感觉。说句实话，这种感觉，和我当年与查丽丽同逛商场，看到一件可心的物品，双方暗地较着劲，都企图占为己有，以此装扮自我、抬高身价，诸如此类，本质上其实并没有太大的差别。

查丽丽在柏林的停留时间是三天，就在她离开的前一天，我们约好三个人一起去犹太人博物馆参观。

我在旅店大堂徘徊着等待查丽丽和夏秉秋时，接到了上海学校打来的国际长途。大堂角落有一排陈列柜，我躲在其中一个后面，向事成归来的系主任汇报会议情况。正说着，楼梯上传来了沙沙的脚步声。磨砂玻璃的暗影里，查丽丽和夏秉秋，一前一后，缓缓走来。我一阵慌乱，不由得闹出了动静。

我仿佛看到查丽丽在和夏秉秋窃窃私语……我不能确定查丽丽是否把我的冒牌身份告诉了夏秉秋。虽然她并不彻底了解这次会议的前因后果，但作为一个替代品和冒牌货，我感觉后背有丝丝的寒意和莫名的恐惧。我匆匆挂断电话，夏秉秋和查丽丽已经来到面前。查丽丽有一种游离于主流世界之外的表情，夏秉秋则一如既往，他一手拿着雨伞，另一手挽着卡其色的棉质风衣。

他礼貌而俏皮地向我微笑。

我感到了忧郁。

那天的中午和下午，那种熟悉的忧郁就如同柏林的湿气，紧紧包裹着我。我甚至有一点小小的结巴，我知道，当我不太想说话或者突然退回内心的时候，经常会有这种口齿不清的情况。声音在耳边有很响的回声，然而并不连贯。声音的发出和散播都有一种疼痛。我尽量地远离他们，走在他们前面。当夏秉秋和查丽丽参观一个地方的时候，我假装穿越庭院，踱步小径。我留出空间给他们，有时居然也有一种自虐的快感。

当天晚上，在冷冷的雨丝里，我假装热情地与查丽丽告别。

我和查丽丽拥抱，挤出非常多的离愁别绪的话。然后，我撑着下巴，异常痛苦地告诉夏秉秋和查丽丽，我的偏头疼又犯了，这是多年的旧病，每到阴雨连绵的时候，疼痛即如游丝……

会议已近尾声，四周到处可见拖着行李、互相挥手告别的面孔。有些面孔是熟悉的，在早餐桌上我们彼此颔首招呼；也有些面孔在当地的电视新闻和报纸上频频出现；阴差阳错，这几天我成为了其中的一分子，如同云中漫步……但现在，他们将回到自己的生活里去，而我，则再次被孤独地甩到了一边。

查丽丽立刻表示了深切的理解和同情。夏秉秋沉默地帮助她把行李放进后备厢。

车子沉闷地叫了几声才发动。我站在针尖般的雨丝里，陷入一种全然无力的糟糕情绪当中。

那天夏秉秋是午夜以后返回的。第二天，他往我房间打了电话，约我共进早餐。在往一块稍稍烤焦的面包上涂黄油的时候，他低声地，仿佛理所当然地对我说："我觉得你很好，我们交往下去吧。"

我从柏林返程的那天，仍然下雨。夏秉秋早早赶来送我。

"学院的接送车今天没空……"夏秉秋拖着行李箱走在前面，回头淡淡地解释一句。

我们坐地铁辗转去机场。一路上我都在犹豫：要不要把真相告诉夏秉秋——我只是一个再普通不过的讲师助理。我并没有资格参加这次会议，并且以后也不会再有资格参加类似的会议。我和他是两个世界里的人，这样的交集以后不会再有，我只是身份尴尬的替代品……

说，还是不说？

夏秉秋会因此看不起我吗？他知道点什么吗？查丽丽有没有给过他暗示？如果说了，我会失去夏秉秋吗？我一路心慌意乱，还不时观察着夏秉秋的脸色。他好像也在想着什么，神色闪烁不定。

地铁换乘的时候，夏秉秋接了一个电话。我听到他嘴里几次蹦出"查丽丽"的名字。再后来，他便转身背向我，匆匆几句，结束了那次通话。

夏秉秋解释说，电话是他的那位朋友打来的。就是前几天一起在威廉皇帝纪念教堂广场喝咖啡的那个。"葛先生问候你，也让你转达问候给查丽丽呢！"

夏秉秋表现出来的漫不经心、轻描淡写突然让我一阵轻松。我开始反省。或许，那刚刚过去的柏林一周本来就只是我内心的镜像，如同风吹过树梢的回声。夏秉秋其实根本就没对查丽丽感兴趣。事情的整个经过，只是查丽丽和我同时喜欢上了陌生的夏秉秋。对于我们来说，他来自一个新鲜而较高的所在。与此同时，夏秉秋则以一个成熟男人的狡黠与修养，让我们迷惑于施普雷河的阵阵涛声之中。

最后，他选择了我。

我一阵冲动，想把事情的来龙去脉告诉夏秉秋。就在这时，地铁口出现了一个卖艺人，他靠墙站着，帽子放在地上，琴声悠扬。

我和夏秉秋都站住了。

那是一个打扮干净利落的卖艺人，拉琴的时候神情专注，一曲完毕，微微欠身，依然表情淡然。

夏秉秋先走了上去，朝帽子里放了一张纸币。

我犹豫了一下，也跟了上去。

我跟上去的时候突然决定了一件事情。我决定暂时不对夏秉秋多说什么。在我和夏秉秋的感情没有得到稳定发展的时候，这样做是非常危险的。很有可能我会因此失去夏秉秋，至少从此以后我会失去他的信任……而现在，我们一前一后，同时走向一个街头艺人，向他的帽子里优雅地扔下一张纸币，这样的时刻，我们是平等的。

我享受这种暂时的，虽然也有着危险的平等。

2

从柏林回上海后的第一个星期，系主任打了三个电话给我。系主任的声音音域偏低，有一种慵懒的深深的厌倦。接完第三个电话后，我去了一个近郊的度假酒店。酒店临湖，湖心有小岛。系主任在卫生间漱口的时候，我把窗帘拉开一道缝——远处的岛上飘着淡淡的烟雾，一艘摩托艇乘风破浪，像利剑般向我驶来……

"能给我说说……在柏林遇到的有意思的事吗？"

我离开酒店的时候，系主任仍然躺在套间那张巨大的床上。我一度以为他已经睡着了。披上外套、系上围巾以后，我还走到床前看了他一眼。在凌乱复杂的被单下面，系主任俯身趴着，像孩子一样紧紧抱住一只枕头。不知道为什么，他不说话甚至能保持长久沉默的时候，我觉得自己其实并没有那么讨厌他。那是一个疲惫的男人，就像湖心小岛上随处可见的疲惫的野鸭群一样。

查丽丽也来过一两个电话。因为时差的缘故，电话里她的声音总是慢个半拍一拍，如同一种不易察觉的阴谋。她讲到德国的天气正在迅速变冷，街上的人裹着厚厚的衣服和围巾，都只露出半张脸；她还讲到她住在一座临湖的学生宿舍里，每周会去湖边散一次步。

"天冷了，水鸟也很少见了。"

从始至终，查丽丽都没有提到夏秉秋。而我，则小心翼翼地向查丽丽转达了葛先生的问候。就是那位和我们一起喝过咖啡，总是显得满腹心事的中年人——

"哦，是这样呵。"查丽丽淡淡地说。

反倒是夏秉秋很少来电话。我和他基本保持着每天一封邮件的频率。夏秉秋的信热烈、有趣而又忧伤……但我很少听到他的声音。有一次我在飞速奔驰的地铁里接到他的电话，声音时断时续，忽高忽低。我在车厢里焦急地踱步，甚至大声叫了起来："什么？！我听不到你的声音！我听不到你的声音！"所有的人向我侧目。还有一次，我在梦里又一次听到那个低声的、理所当然的声音——"我觉得你很好，我们交往下去吧"……

诸如此类的情况再次让我陷入一种莫名的忧郁和烦躁之中。如果说在柏林，隔在我和夏秉秋之间的是查丽丽，那么现在，因为缺失他的声音，我忽然觉得，对于那个物化的可以触摸的夏秉秋，我变得完全没有把握起来。

在此期间，我跟着系主任出差几次。有一次，我们还去了东南亚旅游胜地参加一个小型会议。在出入海关，混杂在各种肤色的人群里时，在黄昏的沙滩上，听到一些比鸟语还要复杂的语言弥漫周围，那些古怪的大麻气味的香水……当机翼稍稍摇摆，如同一只忧伤而傲慢的大鸟庄严地冲入云霄，那样的时刻，我会突然浑身颤抖起来。与此同时，我觉得我所在的阶层也在慢慢上升……

且慢，这不正是我和查丽丽最初被夏秉秋所吸引的东西吗？但是现在，我闭上眼睛，再缓缓睁开来。

系主任正神秘地看着我。眼神里，一半是来自自身的深深的厌倦，另一半则是孩子抓住床边枕头似的迫切。

他的声音仍然是低沉的。

"你……喜欢这样的旅行吗？"

但是——夏秉秋到底在哪里呢？

大约在半年以后吧，有一天，我正在学校图书馆查阅一些资料。偶然抬头，一个和夏秉秋身形非常相似的影子在走廊里一晃而过。

我一愣，茫然中起身追寻而去。

真的是夏秉秋。但是，当他的声音和形体一起真实地出现在我面前时，我反倒有了一种极其不真实的感觉。

"你……怎么会……在这里？"

夏秉秋拖着一个巨大但略显陈旧的行李箱，风尘仆仆。走廊里人来人往，他们是我这个学校的专家、学者、教授、上司、同事、学生……他们中间，有认识我的，有不认识我的，还有一个则是系主任近年来的竞争对手和死敌。他们在我和夏秉秋的身边陆续走过，视而不见，或者狐疑地看着我们……

"你……怎么……回来了？"

我抬头，困惑地望向夏秉秋，不知道为什么，我有一种奇怪的感觉：站在我面前的这个人，仿佛和我想象中的那个，有着相当多的不同似的。

那天吃晚饭的时候，夏秉秋断断续续地告诉我，这一次，他之所以暂时离开柏林自由大学，其实是为了完成一项比较特殊的议题，写一篇关于社会底层边缘人现状的研究论文。前一阶段，他已经基本完成了在柏林的田野调查，而在接下来的近一年时间里，他将要在我居住的这座城市继续进行这项研究。

"在这里？一年？"我有点惊讶于这个概念。

"是的，可能还会更长。"夏秉秋沉默地吃着盘子里的菜。

并且——夏秉秋继续告诉我，为了配合这样的研究，他要在这座城市里租住最简陋的房子，每天去附近的菜市场买菜，自己做饭洗衣服，还有，"尽可能地和乞丐、妓女，以及酒吧小弟们交朋友"。

我不知道当时自己脸上呈现出了什么样的表情。我只是死死地不敢相信地盯着夏秉秋的眼睛——

"你是说，和乞丐、妓女，以及酒吧小弟们交朋友？！"

"是的，走近他们，和他们交朋友。"夏秉秋回答得异常理所当然。

"为什么……有这个必要吗？"在我追问这个问题的时候，我脑子里飞速转过的是那些古怪的大麻气味的香水，如同一只忧伤而傲慢的大鸟般冲入云霄的巨大机翼，缓缓上升的生活……但是现在，夏秉秋却突然告诉我，在接下来近一年的时间里，他要在这个城市里租住最简陋的房子，过最为清贫的生活。他是疯了吗？

"为什么要这样？有这个必要吗？"我自言自语般地低声说

道。在绝大多数时间里，我为系主任准备论文材料，那些纸张和书本上所描绘的东西，和他的生活从来就没有任何的交集。

"是的，有这个必要，一定需要这样。"

"好吧。"我的声音低下来，喃喃道，"那我……应该做些什么？"

"你应该和我在一起，接近这些人，过最简单的生活。"夏秉秋说得斩钉截铁，就像半年以前，他告诉我，他觉得我很好，我们应该交往下去的那个语调。

很快，夏秉秋在城区比较偏僻的一处地方租了房子。白天的时候，我上班工作，晚上或者休息天，则和他一起去各个地铁通道、医院入口，或者一些闹市街区。这是一些奇奇怪怪的人聚集的地方。我们很快就认识了几个足疗店里的按摩女和后街巷子里的酒吧小弟。只要一有时间，夏秉秋就会去找他们聊天。他保留一些录音或者做一点笔记。有几次，我和他一起走进昏昏沉沉、光线幽暗的按摩室，房间里突然安静了下来。两个女按摩师在那里，一个非常年轻，另一个稍稍年长些。年长的那个略带疲惫然而非常专业地问我们："足疗，还是全身？"

……

"她们不太说话呵。"走出按摩室后，我问夏秉秋道。

"今天……是的，今天她们说得少。"夏秉秋说。

"因为我是个女人吗？"我想了想，继续问道。

"可能是的……或许，还有其他的原因。"夏秉秋沉吟了一下。

后来我就很少陪夏秉秋去那里。但大部分时间我会帮助他整理一些聊天录音和笔记。里面出现不同的声音，还有笑声。有一次我还听到一个非常嘶哑的男声，那种感觉，就像是被什么东西紧紧掐住了喉咙……

"他是谁？"我按下了暂停键。

"一个动过喉癌手术的人。"夏秉秋凝神听了一下，告诉我说。

半个月后的一天，在巷尾的小酒吧里，夏秉秋指着一个临窗而坐、穿红黑格子T恤的矮个男人，低声和我耳语道——这个人，就是我在录音里听到过的那个"动过喉癌手术的人"。

"他怎么还在喝酒？"我盯着矮个男人面前摆着的几个小酒杯。

"他每周都会来两三次，每次都喝酒。"夏秉秋说。

"他……不怕死吗？"我觉察出我的声音有一丝异样。

"他已经靠近过一次了，有的人会更怕，有的人就再也不怕了。"夏秉秋回答得异常平静。

那个晚上后来的时间过得缓慢而奇怪。我和夏秉秋把桌子、椅子搬到室外。月亮出奇地庞大而圆润，笼罩在整个城市的上空。当我抬头死死盯着它的时候，它仿佛越变越大，渐渐压迫下来，如同一颗神秘的小行星正向地球飞速逼近。夏秉秋大部分时间都沉默着，我则思绪跳荡，回忆起柏林施普雷河边的那个晚上……

隔了玻璃窗，我看着那个穿红黑格子T恤的男人——突然觉得，夏秉秋给我和他自己虚拟的这样的生活，多少还是蛮有意味的。

在这个过程中，我和夏秉秋有过两次比较激烈的争执。

有一天下午，夏秉秋因事出门，让我去一家足疗店里取一盘录音带。一般来说，做那些录音或者笔记的时候，夏秉秋大多会象征性地支付一些费用。比如说，给酒吧小弟买杯酒，或者，由我给那些按摩女们捎带一点花哨的小礼物。几次下来，我和那些女孩子就慢慢熟了起来，其中有几个空下来，还会和我半真不假地聊会儿天。那天我带了几双黛青色的进口天鹅绒丝袜过去。里面还真有一个小姑娘叫小黛的，于是大家嘻嘻哈哈地让我先给她一双。

我走到小黛的按摩床那儿，坐下去，把丝袜放在枕头旁边。这时床垫动了一下，掉下来一样东西。

我顺手一摸，是一包避孕套。

在我给夏秉秋整理录音的时候，听到过这样一段。里面的女孩子说有一些客人会约她出去，并且直接问她价钱。然后就是夏秉秋的声音，很专业的，然而也是引诱对方自然而然讲下去的，那你是去呢，还是不去呢？女孩子咯咯咯地笑了起来，说有时候去，有时候不去……

那段录音延续了很长时间，夏秉秋没有直截了当地问更尖锐的问题，于是整个谈话最后变成了朋友般的轻松愉快的聊天。

这或许也是调查的一个部分。但是现在，当我摸到那包避孕套的时候，整件事情突然变得暧昧可疑了起来。

整整两天，我的脸都阴沉着。其间还无事生非地和夏秉秋吵了一架。他似乎有些莫名其妙，但也基本不明就里。到了第三天，我把那盘录音带又翻了出来，从头开始听，在快要结束的时候，出现了这样几句对话：

"这样挣来的钱……你怎么花的？"夏秉秋的声音像在叹息。

"我有个男朋友，酗酒……医生说他戒不掉的……"女孩子的声音就如同一件很重的东西掉在了地上。

"你这样挣钱，给他买酒——？"虽然隔着时空的距离，我仍然可以想象当时夏秉秋那张有些变形的脸。

接下来，就没有声音了。

还有一次，晚饭以后我和夏秉秋四处闲逛。那天雨夹雪，天气阴冷。我们穿过几条陌生的巷子，继续前行。然后，在附近一处过街天桥上，我们兜兜转转，完全迷失了方向。

那个穿着整齐棉衣、背着双肩包的"乞丐"就是在那个时候出现的。

他迎面向我们走来。就像所有萍水相逢的路人，他的步履比别人稍稍匆忙又稍稍犹疑一点。我不由得看了他一眼。

突然，他开口说话了。

"大姐，没有路费了，已经一天没有吃饭了。"

"什么？……"不知道为什么，我心里一惊。

"一天没有吃饭了，我……"他非常肯定地把话再次重复了一遍。

直到今天，我都无法解释这个"坚定"的"乞丐"给我带来的那种恐惧感。我本能地向前急走几步。果然，"乞丐"紧跟了上来。我再次加快脚步，我的直觉告诉我，如果我在这个空无一人的过街天桥上奔跑起来，他也一定会紧随着奔跑起来的。

他真的来到了我的面前。

"大姐，饿呵，给点饭钱吧。"

我顿了下，竖起耳朵……有一件非常有趣的事情发生了。我高高地竖起耳朵，聆听着，辨别着。

随着距离的贴近，"乞丐"的声音愈发清晰起来。

"让我买碗面吧，就在拐角那里，一碗面，十块钱。"

这时，夏秉秋从后面跟了上来。我拉住他的手，又是一阵急走。在已经甩开一段足够安全的距离以后，我又回头望了一眼。"乞丐"仍然站在那里，一只手微微向前伸着，嘴唇翕张，他的眼神——在我的回忆里，他的眼神里既充满了茫然和失望，同时又有一种欲望落空时的愤怒和绝望。

我仍然有一种感觉，"乞丐"会追上来；甚至还有一种可能，他会追上来，把我或者夏秉秋狠狠地揍上一顿。

"他——是——骗——子！"我非常肯定地、一字一顿地告诉夏秉秋说。

"什么？你在说什么？"夏秉秋瞪大了眼睛。

"这个人……是个骗子！"我冲着夏秉秋大声喊了起来。

令我万万没有料到的是，夏秉秋猛地甩开我的手。他生气了。我听到他呼呼喘气的声音，活像一只刚刚受了伤的幼兽。

"真的，他真的是骗子！"我连忙做着解释，仿佛不马上解释清楚，被认为骗子的将不是那个陌生人，而是我一样。

而就在这个时候，我突然想到了柏林自由大学的背景，想到了那个名流云集、用典丰富的国际会议……所以，在向夏秉秋解释的时候，我决定用一个典故。因为我觉得夏秉秋肯定会理解、欣赏，并且最终接受这个典故的。

我的解释可以用舒缓从容的方式陈列如下，但当时，我一定有些语无伦次，甚至颠三倒四。

我的解释是这样的：我对夏秉秋说，这个人一定不是乞丐。因为在人的身上，即便五官和肤色都可以改变，但有一样东西是改变不了的，那就是人的口音……这时，我举出了英国作家奥威尔的例子……其实我完全可以举一些其他的例子，但是，当时我是这样脱口而出的——我告诉夏秉秋，这是我硕士论文里的一小段，大致的意思是，奥威尔，这个一生都生活在矛盾中的人：伊顿毕业的无产者，反殖民主义的警察，中产阶级流浪汉，批评左派的左派……在这个人的一生里，最无奈最矛盾的一件事情是：奥威尔改不掉他的口音，英国"上层阶级的口音"。而真实的情况是，由于早年的创伤，奥威尔对上层阶级有着一种刻骨的仇恨和厌恶。他认为，并且真心想做的是去爱他的同胞，但是他做不到，即便他只是想要和他们随便交谈也做不到，因为他的口音出卖了他——他出身于上层阶级的边缘，而且受到这一阶级的教育。这件事是如此根深蒂固地植入了他的血液，其最外在的表现就是：他改不掉他的口音。即便他一度去挑衅警察以便进监狱跟穷人一起过圣诞节，就连这样简单的事情他也做不到。因为警察立刻听出了他的口音，警察识破了他。

"你回自己的家吧。"警察冲着他挤了挤眼睛，颇为轻佻地吹了声口哨……然后微笑着对他说。

"而现在——"我迫不及待地继续向夏秉秋解释着。

春风沉醉的夜晚

而现在，同样的事情也发生在我的身上，我听出了一种有别于乞丐的口音，我认出了这个人，即便他因为某种原因，解释自己已经一天或者两天没有进食；即便他在寒湿的黏着泥土的街道上，狼狈而踉跄地追随着我们；"让我买碗面吧"，他大声地毫不羞耻地朝我嚷着；即使这一切匪夷所思地发生、进展，我仍然可以不假思索地进行判断。

"他不是乞丐！他是骗子！你要相信我！"

我听到了自己歇斯底里的声音。因为我全然无法理解，就在我竭力做出解释的时候，有一种越来越深沉的阴郁却在夏秉秋脸上荡漾了开来。仿佛他正在默默审视着什么，仿佛我悄悄触动了什么，就像点燃了一支看似悄无声息的蜡烛，有什么东西在空气里弥漫开来。夏秉秋开始远离我，我再也抓不到他，有一种可怕的、狰狞的表情在他脸孔的侧面……但愿只是由于天气和路灯刺眼的缘故。

后来，那天晚上，夏秉秋最终给出的理由相当简单而又固执——如果遇到一个乞丐，你马上联想到"他是不是真的乞丐"，这样的人是可耻的。他甚至从鼻孔里发出了一声细微但足以让人崩溃的"嗤"。

他这种莫名其妙的态度让我完全无法接受。

我们吵了起来。双方都毫不相让，气势汹汹。最后，夏秉秋突然抛出一句让我回味良久，但仍然不知道所以然的话。他停顿了一下，说：

"奥威尔？真奇怪……这时候你提奥威尔干什么？"

那天晚上，夏秉秋没有跟我回公寓。我不知道他去了哪里。

3

"乞丐"事件之后，有一段时间，我和夏秉秋的关系进入了一个非常微妙的阶段。为此，我特意安排了一次短途旅行，旖旎的景致，舒适的客栈，悠闲的假日时光……是呵，为什么要把时间和精力都放在那种虚拟的生活里呢？即便是为了那篇看似很有意义的研究论文，为什么要让我和夏秉秋的生活里充满了乞丐、妓女和酒吧小弟们的气息？充满了猜疑、臭味和越来越浓重的阴影？那个路遇的乞丐，他和我们有什么关系呢？即便他是骗子，或者即便他不是骗子……他都只是夏秉秋即将完成的那篇论文里的一个棋子，无论过去、现在，还是将来，他和我们的生活都不会产生任何的交集……

忘了他吧。我在心里对自己说。

我们去了一次南方，在雪山脚下的一个小庭院里，我们喝着红酒，吃着烧烤的食物……月亮慢慢地升起来，雪山的顶部在远处闪闪发光，空气里散发着食物和花朵混杂的气味，一切，重新回复到一个和谐而又平衡的状态。而就在这个时候，那个隐隐约约的疑虑又再次浮现上来。

要不要把真相告诉夏秉秋？关于那次会议，关于我真实的身份，我们是两个不同世界里的人……

我仍然选择了不说。至少是暂时不说。因为无论如何，如果我和盘托出，那种和谐与平衡又将会再次被打破。我对自己说，或许可以再等一等，或许这件事情的本身已经变得不再那么重要。现在，当我们彼此相对，重新回到我们原来的生活状态的时候，沉默，将是最为珍贵与默契的礼物。

与此同时，我也稍稍留意到了一些细节。在那次旅行的时候，夏秉秋很少说话，仿佛也在想着什么心事。有一次，我突然抬头，发现他正凝视着我，眼睛里有什么东西一闪而过。

　　"这里很美吧？"我朝他微笑。站起来拥抱他。

　　"是的，很美，很好。"他也微笑。迎合着我的拥抱。

　　然而旅行归来，夏秉秋却变得愈发烦躁起来。

　　他迫不及待地回到他的论文里去，回到他虚拟出来的杂乱、拥挤和压力之中，他变得不修边幅，胡子拉碴，衣服好几天不洗……我去看他的时候，他埋首在一大堆资料与书籍当中，神情疲惫，眼圈通红。

　　"材料的准备快要完成了吧？"我小心翼翼地轻声问他。

　　他抬起头，像看一个陌生人一样地看着我。

　　事情并没有向好的方向发展，夏秉秋的态度反而让我越来越不能理解。我们甚至开始经常性地争执，仅仅因为一些微不足道的小事。

　　有一次，我和夏秉秋去一家小饭店吃晚饭。我无意中抱怨道，希望他的论文进度能够加快，至少，能够完成早期的田野调查，进入后一阶段的文本创作之中。

　　"说实话，我还是不太喜欢和他们打交道……你知道，那不是我的生活。"喝了几杯黄酒，我说出了自己的心里话。

　　那道阴影突然之间又回到了他的脸上，说话的声音也再次变得冷冰冰的："不喜欢和他们打交道……或许，他们也未必喜欢你。"

　　怎么会这样呢？夏秉秋提高了声音，颇为激动地说："你知道那天，那两个女按摩师为什么不太说话吗？……"

"按摩师？哪天？"我一脸迷茫地看着他。

"有一次，你和我一起去做的访谈。"

"是的，那是为什么呢？"

"不仅仅因为你是女人，还因为她们并不信任你……"

"不信任我？为什么不信任我？"

"因为根本上，你们就是两个世界的人。"夏秉秋斩钉截铁、一板一眼地说。

两个世界的人？我和她们？那我和夏秉秋是怎么回事？那夏秉秋和她们又是怎么回事？无数个疑问在我头脑里起起落落，与此同时，这种莫名其妙的冲突和争执，就像时有时无的雾霾般笼罩在我和夏秉秋周围。这些小事，小到我一度错觉以为只是夏秉秋酒醉以后的失态，他对我的挑衅、判断，甚至批判——因为一般来说，第二天他总是会非常温柔或者幽默地向我道歉，一旦我欲求追问，他又常常避而不谈。他流露出一种介乎于恬静与害羞之间的表情，让我相信恢复平静之后的他才是真实的。而隔天的一切完全都是假象。他只是害羞于无法控制住存在于自身内部的这种假象……他自己都被自己吓住了。仿佛有一个更为简单而本质的自我，在不经意中，他被那一个隐藏在深处的"夏秉秋"吓住了。

当他被酒精或者某种类似于酒精的东西控制住的时候，他的声音里有种戏剧化的东西。就像迎着暴风雨直扑过去的圣人或者疯子。当我提高嗓门，站在临街的风口，雪花狡黠地在我面前躲躲闪闪，我冲着他大叫——

"他不是乞丐！他是骗子！他只是个骗子！"

诸如此类的。而那时，夏秉秋的声音和气势已经完全盖住了我。他肯定还说了一些其他的话，他在风雪中表达着他的气愤，这种气愤是如此强烈与真切，以至于我顿时产生一种荒唐可笑的感觉。我做出试图为此妥协的努力。我说，好吧好吧，他可能真不是骗子，根本就不是骗子……可是，可是这真有那么重要吗？

　　那些在城市里到处可见的乞丐呵……于是，在接下来的那段时间里，逢到和夏秉秋出门散步，我就小心翼翼地择道而行。是的，我害怕再次遇到乞丐。当他们出其不意地来到面前，总是让人面临一种难以抉择的局面。心生犹疑，认为他们并非乞丐？冷漠并视而不见地走过去？无论如何，如果这样做了，心里是会不安的，万一——这真是一个错误的判断呢？但是，如果把每一个在面前晃过的乞丐都当成真的乞丐，心里仍然还是会感觉不适——那些狡黠的沉默的脸，他们到底说明了什么？

　　于是，我拉着夏秉秋，我们绕过繁华的闹市，那些可疑的面孔常常出现在那里；我们也绕过人群密集的住宅街区，以及过于荒凉的近郊树林……我们绕过一切可能偶遇"他们"的场合以及时间，我们胆战心惊，我们草木皆兵，那些几乎无处不在的幽灵，是他们让我们防不胜防，仿佛——我和夏秉秋的爱情并不足以抵挡那些幽灵的侵袭，我们害怕他们，我们躲避他们，我们——

　　到底在躲避什么呢？

　　在那个冬天快要结束的时候，夏秉秋突然回了一次柏林。

是一个乍暖还寒的早春下午，他匆匆忙忙地来学校阅览室找我，脸色比纸还要白。

　　"你怎么了？"在一棵快要凋谢的蜡梅树下，我问他。

　　"我要回一次柏林。"他的眼睛望向别处。

　　"回柏林？为什么？"就在两三天前，夏秉秋还非常详尽地和我提及论文里的一个细节，并说想要尽快地完善它。

　　"我的一位朋友……出事了，你见过他，就在柏林……"

　　我的回忆像断片一样，带着闪闪烁烁的残缺在眼前晃过。威廉皇帝纪念教堂前的广场，一只落单的鸽子正在发呆。隐隐约约的另一个形象——下巴浑圆、脸色微红的中年人，他好像有什么心事，也在发呆。咖啡的香味。教堂的顶部，一轮快要落下去的太阳不动声色地看着我们。

　　"他好像是叫葛先生？"

　　夏秉秋皱着眉头，仿佛我脱口而出的这三个字，突然变成针尖，狠狠地扎了他一下。

　　"他……怎么了？"我犹犹豫豫地问他。

　　"死了。"

　　不知为什么，夏秉秋的声音就像不期而至的一场冷雨，让我猛地哆嗦了起来。

　　夏秉秋这一去就是整整十天时间，其间有七八天我几乎完全联系不上他。在好几个深夜，我突然惊醒过来。每个细胞都萌发一种奇怪的感觉，我觉得夏秉秋不会再回来了。从今往后，他将从我的生活里彻底消失，就像他毫无预感地出现那样……这种感觉是如此不可捉摸但又难以消解，我起床，穿衣，在房间里无助地踱步，然而空寂的黑暗里到处有他，还有那种怪异的我怎样都无法读解的眼神。

"我最好的朋友死了。"他的声音冷得像冰，软得像夜晚开放的棉花。

他的目光掠过我的头顶。他的脸上再次荡漾开那种越来越深沉的阴郁。像雾霾推开晴空，像那双无形的手再度介入我和他之间。

天哪！那位神秘的葛先生，甚至曾经与我朝夕相处的夏秉秋，他们——到底是谁？

在那十来天无比漫长的时间里，有两件事情稍稍改变了我这种难以言说的心情。

首先是系主任。

自从和夏秉秋在一起后，我已经几次三番地回绝了与系主任共同出差的请求。那天中午，他突然给我打了一个电话。

"很忙？"电话里，他的声音短促而又跳跃，像从慵懒的湖水里偶尔冒出来的一朵浪花。

"嗯。"

"你打开窗，看看外面的天……"那种慵懒而厌倦的声音又回来了。我隐约觉得他可能正抱着一只枕头。或者，另一个什么女人。

我走到窗边。

"看到什么了吗？"

"没有。"窗外是一小片天。什么也没有，空空荡荡。

"总能看到鸟吧，随便什么鸟……"

我还是什么都没有看到。什么也没有，空空荡荡。

但系主任的电话在此突然终结，他哈哈大笑一声，断然道："你以为你是什么东西！你以为你是什么东西！告诉你——就一婊子！"挂断得干脆利落。

我愣在那儿，过了好久，一阵爆笑从我的胸膛里倾泻出来。系主任的声音是如此陌生而滑稽，我笑得眼泪都快流出来了。

那天下午，突然一阵解脱似的，我莫名其妙地很是高兴了一会儿。

还有一位不速之客，是查丽丽。

开始的时候，我几乎没有听出她的声音。或许因为她回到了我的城市，那个由于时差总是慢了半拍的声音变得触手可及，或许还有其他什么，总而言之，她的声音有种微妙的变化，一下子让我无法与施普雷河边那个阴湿绵延的雨夜联系在一起。有什么晃动的东西被牢牢钉住了。

不知为什么，这个熟悉而又陌生的声音，激发了我的好奇心，同时又令我有些不安起来。

查丽丽条理清晰地聊了聊自己的情况：修完了MBA，辗转几个地方，最后还是在柏林安顿了下来……听上去，查丽丽明显比以前更会说话了。她现在仿佛具有了一种能力，可以把自己想表达的东西用真正的语言表达出来，而不再使用声调丰富的感叹词和更为女性化的尖叫。她的温度也降了下来。我的意思是说，因为思忖她声音里的这一变化，有那么好几次，我没有及时回应她的对话。她淡淡地等待着……而以前她是如此敏感，一只小野猫哀伤的眼神都能让她写下一行诗句。

"这几年都好吗？"她打断话题，另起一行。

"好……"我正犹豫着要不要把夏秉秋的事情告诉她——就在这时，她加快了说话的节奏。

"对了，有个人你还记得吗？"她的声音里带着小小的钩子，仿佛有个纤细的身体正向我探下身来。

"谁？"

"还记得那次在柏林吗……"她的声音开始变轻。

我的心忽然一阵乱跳。

"那次在柏林的时候，有个下午，我们一起在威廉皇帝纪念教堂前的广场喝咖啡……"

"……"

"那天我们是四个人，你，我，你的那位朋友夏先生，另外还有一位胖胖的中年人。"

"你说的是——葛先生？"我心里一惊。

我们两人同时停了下来。一片寂静。

查丽丽向我讲述了一个不太具有逻辑关系的故事。就在我离开柏林不久，葛先生突然找到了查丽丽住的地方。那是一个万物凋零、衰败的季节，几乎每个周末的傍晚时分，葛先生都会在她经常散步的湖边等待……他裹着厚厚的衣服和围巾，只有两只眼睛露在外面……

"他……爱上……你了？"我犹犹豫豫地问道。

"我想是这样。"查丽丽的声音相当冷静。

"那后来呢？"

"后来我们交往了一阵，然而，我最终发现他其实只是个骗子。"

"骗子？"我皱起了眉头。

"是的，骗子。穷困潦倒，靠政府失业金生活。"

"但是——"我忍不住打断了她，"但是这也不能说明他是骗子呵！"

"原先我以为，他起码应该是……"查丽丽尽力校正着说话的语气和节奏，"我以为他起码是个中产阶级。"

"但是不管怎样，他也并没有骗你。"我突然有些生起气来。

"他是个穷人——一个穷人，难道这和骗子有什么区别吗？"查丽丽回答得迟疑而又果断，以至于，在她的声音里，我分明可以看到一张因为诧异、困惑而显得有些变形的脸，而且，这张脸还在继续说着话："算了，这件事情倒也没什么，反正已经过去很久了——我只是想说，那时候我们真是单纯呵，现在终于长大了。"她扬眉吐气般地长叹一声。

"可是，他死了。就在上个礼拜。"我冷冷地说。

那天后来我又和查丽丽聊了很久。不过人类的情感真是最为奇怪的东西，从最初的惊讶和叹息，查丽丽很快就过渡了。震惊的余波渐渐消逝之后，在于她，这个悲伤的结局甚至成为一种证据——是呵，对于一个骗子来说，除了走向灭亡，还有什么更加自然有力的可能呢？

至于我，情况要愈发复杂些。葛先生，他到底是谁？一个穷人（这是显而易见的），夏秉秋心目中"最好的朋友"，一个"你永远都不会知道，他是怎样的一个好人"的人，以及查丽丽嘴里"潦倒不堪，靠骗政府失业金生活的骗子"……他们无疑是一个人，但他们，真的是一个人吗？

还有一个更为自私并且略显阴暗的理由。其实，我并没有真的那么介意夏秉秋的那位朋友，我甚至也并没有那么介意查丽丽。仅仅以一个偷窥者的角度，整个通话过程，我都沉浸在窥探、震惊、同情，以及窃喜的复杂情绪里。最终自私的感受完全占了上风：我如释重负。几年前的那场风流韵事最终沦为捕风捉影。以柏林的那个下午作为起点，就像当年我和查丽丽去高级商厦闲逛购物，我们争先恐后地奔向那种东西，围住那种东西……而现在，是我，最终收获了夏秉秋。

　　是的，我和查丽丽当时共同的猎物，夏秉秋，他现在在哪里？

4

　　当我再次在机场接机口见到夏秉秋时，他的脸上重又显现出温柔、恬静，以及害羞的表情。他远远地向我微笑，像是刚刚穿过暴风雨的中心，再度归来。

　　夏秉秋轻轻地拥抱我。我们走出通道，人群，上车。他一直沉默着，甚至没有提及任何关于葬礼的事情。我注意到他的手里抓着一本书，书皮陈旧，还略有点卷页。是凡尔纳的《海底两万里》。

　　不管怎样，我的夏秉秋终于回来了。我把一条毛毯盖上他的膝盖，长长地舒了口气。车窗外，是飞速变动的街景和行人，是此起彼伏的真真假假的声音。我突然记起，有一次，我和夏秉秋在柏林街头散步。前面的路段被封锁了，远远能听到人群的骚动，抗议的人们愤怒地砸玻璃，叫喊，跺脚，警笛则刺耳得让我失去了对所有声音的判断。哪里都不太平。而现在，我的夏秉秋回来了，我得胜的猎物，我的爱人……这些都不重要，只有我身边的这个人是真实的。我紧紧地、紧紧地抓住他的手，他的胳膊，他的衣角，我紧紧地试图抓住我能抓住的一切，仿佛，以这样的姿势，我才能稍稍感到一点安宁。

在接下来的一段时间里，夏秉秋继续着他的田野调查。他变得愈发沉默寡言，整天埋首在出租屋里整理资料，而所剩不多的一些录音和笔记，则大多由我穿梭在出租屋和按摩室、偏僻的小酒吧，或者车站候车室的角落里得以完成。一切重又变得有序而安宁，仿佛一种新的秩序正在慢慢生成。有一次，我从学校阅览室走出来，暴雨初止，万物清新，几只小鸟在枝头跳跃，发出一种几乎让我想哭的、亮得透明的声音。我在栏杆处站住，平整呼吸。至少，有一件事情还是让我感到欣慰的：不管世事怎样无常，我和夏秉秋的爱情正在渐渐接近开花结果。在每次争吵的间歇中，在暴风雨和宁静的交替中，我觉得自己开始慢慢走近夏秉秋的内心世界；与此同时，我自身也在悄悄地发生着改变。在夏秉秋的影响下，我的眼睛和耳朵开始向不同的方向张望和倾听。

就在从学校阅览室到夏秉秋出租屋的途中，和几年前相比，我惊讶地发现，现在，我可以听见不同的声音，看见更多的事物。一个醉汉在街边幸福的呕吐声；一个公司高级职员走在下班的路上，他的脚步里有死神的声音；一个妓女心里唱着真正属于爱情的歌；突然，有两个年轻女子向我走来，走路的样子、说话的声音都像极了几年前的查丽丽和我。我心生好奇，慢慢跟进。天哪！她们谈论的事情是那样貌似小资，实则平庸！她们的伤感是如此浅薄，她们的忧郁是那么可笑！爱情？她们懂得爱情吗！爱情，就是爱情的罗曼史？！……

我慌不择路地离开她们，逃将出来。心中万分地羞愧。

幸好，夏秉秋在前方遥遥地指引我。幸好，我们彼此相遇，我将紧紧地依偎着他，抓紧他，而与此同时，他也将引领我……并且，我深信，我们将会幸福。

春天真的来了。我感到一种脱胎换骨般的欣喜。浓浓春天的黄昏时节，空气里有一种让人不得不眷恋的尘世的气味。我仰起头，陶醉与贪婪地呼吸着。

就在这样一个春天的夜晚，我们去了最常去的一家酒吧。

唯一的不同，这次我们不是采访者，我们是最平常的客人。夏秉秋的田野调查已经正式接近尾声，我们马上要回复正常的生活秩序……那种久违的气味和声音……那天我从衣柜里翻出久已闲置的小礼服，化了淡妆。我给自己喷了点古怪的大麻气味的香水，那是有一次和系主任出差时，在机场免税店买的。

一个新来的小伙子接待了我们。他穿一身黑色衣服，干瘦，但极有精神，眼睛烁烁有光。

他显然不认识作为常客的我们……他的声音坚决而清脆，这让我稍稍犹豫了一下，在这个声音里，有什么东西与众不同……我说不上来具体是什么，是什么呢？

但很快，这个一闪而过的念头轻轻滑过去了。我和夏秉秋找了个临窗的位置，窗外是长长的河堤，空气闷热而湿润，仿佛潮得能拧出水来。我不由得回想起几年前施普雷河边的那家小酒馆，那个雨夜，还有莫名其妙的关于王道士的传说。生活是多么奇妙呵！

那真是一个甜蜜的、春风荡漾的夜晚。可不，过了一会儿，河边竟然也起了轻雾。春风沉醉的夜晚，一小片乌云停在天边；树叶沙沙作响；到处是啤酒杯叮叮当当的碰撞声。我沉浸在内心的喜悦之中，心想：如果能够模拟出施普雷河边的轻浪，那么，时空几乎就是在这里完美地重叠了。

那晚我和夏秉秋都喝了不少酒。夏秉秋默不作声。而神秘的微笑和快乐则始终洋溢在我脸上。后来，我拿起手机，开始记录这个美妙的夏夜。

我拍下那条沉默的河堤。

天边那片雨云构成的不同图案。

两个夜归的路人从窗前走过，稍作停顿，他们朝里面张望了一下，很快走开了。就连这样的小事也仿佛告诉了我生活的真谛。我拍下他们的背影，庆幸自己终于不仅仅是一个浅尝辄止的过客，我打开了一扇窗，自然有理由会看到更多。

就在这时，沉默已久的夏秉秋推了推我的手臂。

他指指河堤边、树影下的一张长凳。隐隐约约的，上面躺着一个人，手臂直直地垂落下来。

就这样看上去，那是一个疲劳的人，可能就是这家酒吧的服务生，工作了整整一天，现在，找了个空隙，偷偷溜出去打个盹。

我拍下了那个长凳上的黑影，以及那条直直垂落下来的疲劳的手臂。

他是一个劳动者，一个穷人，一个出现在我相机下的令我感动的符号。

过了会儿，情况有了小小的变化。一位穿 T 恤的女孩子出现在长凳附近。她在接电话，背对着长凳上的人影——或许，她根本就没有注意到那个人影。那条疲劳的手臂在她身后直直地垂落下来……她看上去也像邻近什么地方的打工者，从我的镜头那里望过去，仿佛，躺在长凳上的那个正梦见她。但很显然，她的梦想不会是他……

我隐约听到些声音，好像夏秉秋又要了一杯啤酒。而我，正忙着拍照，我记得自己含含糊糊地向那个穿黑衣服的服务生做了个手势。我觉得自己已经有点喝多了，我确实已经喝多了，镜头里的人物和事件有了虚晃一枪的质感。但至少那时我还是清醒的，我必须在夏秉秋喝多以前保持我的清醒——这已经是我一向以来的习惯——我不记得到底做了一个什么样的手势，但内心的本能告诉我，当时，我应该是说了"不"的，我拒绝了再要一杯的可能性。

我把杯中剩下的酒一饮而尽，带着酒醺欣赏着今晚的组照：底层的劳动者和穷人。他们的生活与梦想。我已经看到他们了，非但看到了他们，而且把他们永远地留在了我的相册里。我要和夏秉秋一样，做一个永远站在鸡蛋那边的人。

而接下来的事情就是在这个时候突然发生的。那个黑衣小伙，端着两大杯啤酒，拖着疲惫的步伐，坚定地向我们走来。

"你们的酒。"他说。

我愣了一下，迟疑地说："我……没要酒。"

"你要了，他一杯，你一杯。"小伙子再次重复着他清脆而坚决的声音。

我再次愣了一下。旁边已经有两个客人回头望着我们。小伙子是新来的，他不认识我。我突然一个激灵，想起他声音里那种与众不同的东西，那种东西意味着什么呢？固执。我遇到了一个固执的人，他有可能让我丢脸。现在，我有两种解决方式：一是妥协，承认那杯我若隐若现中感觉到从没要过的酒；另一种则是坚持，我确实没有要过那杯酒，这样的坚持或许能够保留我的尊严，或许仍然是丢脸。如果，小伙子的声音可以轻一点，保留在只有我和他，即便还有夏秉秋三个人可以听见的范围里……如果是那样，我想我会选择妥协的。但是，但是——我突然生起气来，一个新来的毛头小伙子，他凭什么和我——一个店里的常客，一个有身份的人（我下意识地拢了拢头发，扯了下小礼服的衣角），一个或许根本就没做错什么的人较起劲来？！

　　他？凭什么？

　　我决定坚持。

　　"我没有要这杯酒。"我换了一种非常严肃的口气，并且稍稍提高了嗓门。

　　"你要了。"他说得肯定，简洁。

　　"我没要，我告诉你，你帮我把酒退掉。"

　　"我不能退掉酒。"

　　"你必须退掉。"在严肃的同时，我的声音已经在渐渐拔高。更多的人回头看着我们，看着一个衣着时髦、喷着高级香水的女人，正为了一杯几十块钱的啤酒，在和年轻的酒保吵得不亦乐乎。这本身就是一件无聊至极的事情。奇怪的是，夏秉秋一直沉默着，虽然我多么希望他能帮我，至少作为我的一个证人。

但是，他没有。

我只能继续坚持。

"叫你们老板来。"我把那杯啤酒向外推了推，它危险地倾斜了一下，泼出几滴酒来。

"他回家了。"小伙子仍然保持着冷静。

我内心有什么东西失去了控制，突然大叫一声："你给我退掉！"

他像被什么东西突然重重击打了一下，声音低了下来，喃喃地说："退了我得赔……我赔不起。"

我忘了那天的事情究竟是怎么收场的，我气得浑身颤抖，拔腿就走。我猜想夏秉秋后来付掉了那杯酒钱，我以为他会很快追上来，抚慰我几声，起码让我忘掉这件倒霉的事情……但是，没有。

我在沉默的河堤那里站了很久，尴尬和愤怒让我浑身冒出汗来。天边的那片雨云已经飘走了，雾气散掉，万物恢复了他们原来的样貌。

在桥边，我整整等了半个小时——可能更久，也可能只是很短一段时间。终于，夏秉秋慢慢地走过来了。

"你为什么一句话都不说！为什么！你明明知道我没有错！你明明知道的！"像疯子一样，我高声叫了起来。我好像还随手捡起一块小石子，朝着夏秉秋的方向，或者只是平静乏味的河面上扔了过去。

"你是错的。"夏秉秋的声音出奇地平静，但同时也像他的脸色一般阴沉。

"我没有错！错的是他！"愤怒，以及一种莫名其妙的东西控制了我，我已经不是为了这件事本身而愤怒……但是，我究竟又是为了什么？

那种拒我于千里之外的表情再次出现在他的脸上。这一次，就像夜色那么黑，那么浓。

"你能分辨人的口音？……你真能分辨人的口音？"夏秉秋的声音很轻，仿佛自言自语，但仍然掷地有声。

我突然被吓住了。因为这一次，有什么东西是完全不一样的。夏秉秋没有和我吵架，他好像再也不愿意和我吵架了。他变得理智，克制，同时冷酷。我打了个冷战，直觉告诉我，有什么不一样的事情要发生了。

"难道——难道你一直没有分辨出我的声音吗？"夏秉秋在一张石凳上坐了下来，他的声音是往下沉的。我怎么也打捞不起来。

"我是个穷人……我一直就是个穷人。我根本就不是什么柏林自由大学的教授，我真实的身份，只是当时被雇用的一个临时助理，以及我那位可怜的朋友'葛先生'的合伙人——我们开一家小公司，仅够糊口的。而就在不久以前，我们彻底破产了……我一直就觉得奇怪，你和你那位矫揉造作的朋友，怎么从来就听不出我的口音呢？穷人的口音？"夏秉秋说得激昂而冲动，仿佛为所说的事情感到骄傲似的。

我像尸体一样僵在那里。他的声音像刀。割破了我的骄傲、我的一切，也同时让我和他的爱情流出了鲜血。

他还在接着往下说："我来找你，是希望通过时间让你改变。那些田野调查，你一直以为是我虚拟的生活，但它们其实最接近我的生活……我一度以为我成功了，改变了你，可是今天晚上……"

"你走吧。"他说。

我在河堤上慢慢走远的时候，脑子里一片空白。天哪！我和夏秉秋本来就是同一世界的人，两个身份尴尬的替代品……可是……我仍然带着一丝侥幸。或许，像以前的很多次一样，我和夏秉秋还会再次和好。我们还会小心翼翼地拥抱，亲吻，不敢正视对方的眼睛，重新成为两个刚刚穿过风暴眼的幸存者。像以前的很多次一样，我们再度成为恋人，只是那份冰凉之感还在什么地方存在着。像一根藏在皮肤底下的针。大部分时候是平静的。还有些时候，我能听到一种声音，如同冰山在春阳的照耀下，徐徐地缓解，消融。有一些细微的不经意的咔咔声，清脆而又温柔。

在我的回忆里，最好的时候，我和夏秉秋会一起竖起耳朵，静静地心怀畏惧地聆听这种声音。

但这一次，有什么地方真的不一样了。因为，或许，从开始到现在，夏秉秋一直都是，从来都没有停止过对我的怀疑、反感，或者说，那种更深更为微妙的骨子里的憎恨。

让我惊奇的是，这种东西，竟然与爱情也没有关联。它存在于爱情，这种雾气腾腾的物质的外面……

我不敢深想下去。在内心的寒意最终上升，并令我彻底绝望之前，我拼尽最后的气力，在空无一人的河堤上狂奔起来。

书写秘密、对抗以及疏离

——朱文颖　张　鸿

（访谈）

张鸿，1968年出生于辽宁大连。中国作家协会会员，文学硕士，文学创作一级、副编审。已出版散文集《指尖上的复调》《香巴拉的背影》《没错，我是一个女巫》《编辑手记》《香巴拉》，人物传记《高剑父》,散文评论集《大地上的标志》。广州市文艺报刊社副社长、副主编。

张鸿：文颖好，对于践行了"出名要趁早"这句话的你来说，文学特征明显：苏州、海派、女性文学、地域文化；人性的、世界的；细腻、独特、辨识度；颓废与虚无；情境与气息；繁复与简洁；细小随意中的宏大审慎，绵软精致中的坚韧笃定。当然，我还可以说出许多与你的创作风格有关的词语，可我想听听你对你的创作风格的一个自评。

朱文颖：首先要感谢你对于我创作风格一个既精确又具有层次的评述。同时我还非常喜欢这个访谈题目中出现的三个词语：秘密、对抗以及疏离。至于我的自评，其实在比较早的时候，我就已经意识到，企图对一个人的写作进行总结是有难度的。因为线性延展的写作时间，会使写作的整体面貌、语言、风格，乃至气象，呈现微妙而复杂的差异。有时候，它们还会截然不同。或者更糟糕些——它们前后矛盾，并且漏洞百出。

对于我的写作来说，这些年比较重要的是我悟出了一些看似与写作风格没有直接联系的道理。比如说："对生活认知到什么层次，表达也必然在这个层次之内。作家不可能表达自己看不到的东西。"或许与早年的写作不同，现在我会关注一些更本质的东西，回到"这篇小说是关于什么？要说什么？"的基本概念上。这就意味着我希望从形式上做减法，从一种外在的小说美学转换成一种更为内在的小说美学。小说，作为与结构主义特质最为亲密的艺术形式，一定存在着更多的隐秘通道。在我现在这个年龄，阅历、思想、见识以及视野会比文本本身更为重要。

我想，我其实真是一个晚熟的写作者。与其说我对于风格感兴趣，现在我对于我这个人可能走到哪里更感兴趣。前些天和几个影视圈的朋友聊天。我们谈到一些电影。后来说到李安的时候，我们共同说出了这样一句话："我对李安，这个人感兴趣。"

人，是一切的基础与可能性。

问：你的短篇小说《危楼》有着纯熟的小说技术，深厚的审美潜能，充满感性、鲜活的浪漫气息。故事叙述得典雅、别致，我们从中读出了生活的韵味，命运的玄机和精神的尊严。林容容的形象给人印象颇深，一个敢爱敢恨、内心躁动的女人，与现实中安守本分的"我"构成强烈对比。这样采取旁观者的视角，是否在刻画自我精神的一个侧面，也就是说，林容容其实是"我"精神上的一部分外化成人？这种自我精神外化成小说多个人物的技法在你的小说中是否普遍？

答：不得不佩服你的阅读功力与理解深度。林容容确实就是"我"的另一面，或者说，是"我"梦想成为却被现实阻拦未能成为的另一个"我"，也或者说，是连"我"自己也没有意识到的潜伏在内心深处的另一个"我"……我确实喜欢在小说里使用参差的写法，或者也可以理解为镜像。

没有"林容容"，《危楼》就是不成立的。这个人物身上强烈的戏剧特质撑起了小说，也自然而然地推动了小说的进程。这种戏剧性在我的小说里并不常见，或许也是某种偶得，但是这种内里充满了爆炸性情感与可能性的人，在一篇小说中所能起到的作用是惊人的。在接下来的写作中，我确实也会重新思考戏剧性这个既旧又新的命题。

问：在很多部小说中，你采用的都是女性视角，内容多是女人的内心隐秘，大都和痛苦与孤独有关。在具体的呈现方式和相似题材的处理上，您有没有一些与以前作品不同的尝试？当然，这涉及一个文学野心和文本实验的问题。

答：女人的内心隐秘、痛苦孤独……这些其实都有点窄了。当然也有一辈子写这个而成大师的，比如杜拉斯。但杜拉斯也只有一个。我是比较反对女作家太像一个女作家的，但我可能不幸属于表达出来的没有本人想法精彩的那类作家。哈。然而不管怎样，随着年龄和视野的变化，我确实已经注意到了一些以前没有注意过的题材和领域，比如人的社会性，比如阶级差异。我的问题在于要找到一个合适的容器，把我的那些想法用小说的形式装入那个容器。或者说，那个容器就是小说形式本身。

我曾经还对非虚构作品相当感兴趣过。甚至有一个自以为很牛的题材，太有意思和挑战性了，因此不敢轻易去动它。但我想，总有一天，我会把它写出来的。

问：你作品中的女主人公的自我常常处在被压抑的状态，人性洞察可谓深刻幽微。但在刻画男性形象的时候，却笔墨不多。比如《危楼》中"我"的丈夫，"睡觉总是把窗子关得严严实实"。两类人物的笔墨差异可以看成是作家本人性别意识的体现吗？

答：这倒不是。我曾经有一个长篇《戴女士与蓝》，通篇都是男性第一视角。对于我来说，性别的穿越或者倒置不是太大的问题。最好的作家甚至应该是雌雄同体的。

问：短篇小说《金丝雀》这个自杀与谋杀的故事，让人不寒而栗。但我读出了一种独特的、辨识度高的气息，几乎成了"朱氏短篇小说"创作经典——这只是开个玩笑，但故事的讲法、悬念的制造、智性的有效传达，甚至叙述语言和其他技术的精致、精到运用，直接影响了这个小说整体的底蕴和品质。而随势赋形、顺其自然地"贴"近生活，在作品中制造悬疑或荒诞，兼顾了"深刻"的寓意，又有富于清逸、飞动的"神韵"，我个人认为这就是《金丝雀》的艺术高度。谈谈你对短篇小说创作的看法？

答：《金丝雀》是我比较早期的作品，也一直是我本人比较喜欢的作品。但这篇小说很少有人注意到。发表在刊物上的时候，作者名字还被错用为"周文颖"。我那个阶段的小说在语感上是不确定的，像沙子一样流动的，但早期小说一般来讲都会情感充沛，表达欲旺盛……这篇小说和其他几篇小说都依靠高强度的情感度推动。而情感本身是没有逻辑的。

这次编辑小说集时，责任编辑这样问我："这篇小说里，有的地方的对话用了引号，有的地方没用，是不是需要统一一下呢？"我回答说："不必了。就按照原来的样子吧。"

对于这批小说来说，原来的样子就是原来的样子，就是应该的样子，以及正确的样子。它的没有逻辑就是它的逻辑。

但真正意义上的短篇小说不是这样的。短篇小说是有它的结构规律的。《金丝雀》是一种还不算差的特例。我现在很难再写出那样的短篇小说。我现在能够，或者向往表达出来的戏剧性也不会再是那样的戏剧性。《金丝雀》中的人是抽离于社会与现实的，现在，我要让他们回来。

说到戏剧性，以前我是相当排斥戏剧性的。或许也是天性使然。有时候我想，我的天性可能更接近一种纯粹的诗性，或者一种纯粹的理性。有时候我甚至开玩笑地觉得，我其实更应该成为一个诗人，或者一个理论工作者。

问：你的小说中对女人衣饰的描写非常细腻，比如"女人穿了一件白底碎花的吊带连衣裙"。在你众多的作品中，在衣饰描写方面，如何避免雷同？有没有一个女人形象在多篇小说中出现的现象？

答：谢谢你细腻的阅读。但我觉得自己不是一个在描写上有天赋的作家。这甚至可以看作我的一个缺陷。我对于人物穿什么衣服并不是那么敏感。这里的"女人穿了一件白底碎花的吊带连衣裙"，以及她瘦弱的外貌——它们倒确实是清晰的，它们一下子就出现在我的脑子里。但这不是为描写而描写，而是因为那个女人的情感外貌太清晰了——一个极其感性而偏执的女人，过份地危险地爱着一个男人。

情感外貌决定了她的真实衣着。

问：我以为你的性格中有着南方女人娇嗲和北方女人的大气。如果我没有误读，这种气质同样也体现在你的作品中，你认为呢？

答：谢谢你的这个判断。希望如此吧。我把它当成对我的一种褒奖。我确实喜欢简单里面的复杂，或者复杂里面的简单。换句话说，我喜欢人或者物，具备一种层次感。

我曾经在网上看到过一段很好玩的话：

中国女人很逗，不是纯的，就是荡妇。少有中间一类即致命的女人。骨子里都有气质，像褒曼，你能从她的眼睛里看出悲悯之心。

我比较喜欢有层次感的女人，我希望一个作家多少能够做到一点雌雄同体。就是这样吧。

问：姑苏之地自古文脉深厚，地域文化对你的小说有哪些影响？

答：对于我的小说写作来说，苏州和上海是两个很重要的地方。

在很多年前我就说过，我的小说肯定是和苏州有关的，它是我的"无底之底"。

那时我更强调作为南方的典型化意义，就像我早期的小说《浮生》，在光明与黑暗、悲凉与欣悦的不断交织中，时光流逝了。就像与生命打一次仗，高手过招，兵不血刃。那种姿态是向后退的，有某种东方的智慧在里面。而在《莉莉姨妈的细小南方》里，向后退只是一种屈身而就的姿态，我强化了其中的力量、粗鲁、呐喊和反抗。

至于上海，就像评论家王尧所说的："如果没有上海，可能就不是朱文颖的小说。上海，在小说中是往昔生活的场景，是一种生活方式的隐喻，不论对童家还是潘家。冒险、幻想、厄运、繁华，都来自这个叫上海的地方。"如果说苏州是无底之底，上海就是一餐美酒后行动力开始的地方，它具有人性走向绮丽或者灾难的双重可能。